洋 眼 看 中 国

*The Charm of*
*Chinese Literature*

# 中国文学的魅力

〔日〕奥野信太郎 著

王新民 姚佳秀 译

上海三联书店

奥野信太郎

# 奥野先生的随笔文章

（代序）

冈晴夫[1]

## 漏窗视角

奥野先生生前基本上没有留下什么严格意义上的学术专著。很多人认为，先生他作为一位素有成就的中国文学的学者，学识素养深厚，却没有留下学术专著，实在是太可惜了。可是，先生并不以为然，他更钟情的是随笔这种自由阔达的文章风格。

所谓学术专著，顾名思义，自然就是要就某个课题展开阐述，写成专著论文。可先生是个率性的学者，他喜好的东西是不带任何功利心的。在他看来，选择一个对象，板着面孔，劈头盖脸地进行评判，实在是件迂腐的事情，完全不合自己的脾胃。至多也就是用从容温和的态度，对于一些人和事情作些轻描淡写的评说吧。先生对于他的这种嗜好，毫不动摇地坚持了一辈子。如此这般，即便是

---

1　冈晴夫：日本庆应义塾大学文学部教授、艺文学会委员长，全国汉文教育学会评议员。

可能写成论文的东西，也被他写成了随笔文章。同时，即使他努力要写篇论文，写着写着，也不知不觉地充满了随笔的味道。这样一来，他写的就都是随笔文章了。其实，也可以说他的确是不会写论文。我以为，随笔的构思与随笔的情绪，实际上是先生的一种天性，是他身上流淌着的文学血脉之中最粗壮的一支。

简单来说，随笔是一种不受特定形式约束的自由畅达的文章体裁。作者不必过多考虑文章的整体结构、先后顺序的编排等问题，只要根据自己的理解和兴趣，自然周全地叙述清楚就可以了。在随笔文章中，作者能够在一定程度上直言自己的经验和感悟，这种人性的直白表达，正是文学的一个重要特质。随笔文章既无须以学究式的严谨顾及前后文结构上的呼应，也不必太多考究内容的客观性，即便带有一些自己的主观臆断，也不会遭到读者的质疑。文章中若是表现出过于浓厚的个人偏好或趣味，作为独树一帜的见解，具有发人深省的力量，自然也是很有价值的。这样的文学风格，使得先生总有一种不言而喻的得意洋溢在心头。与其说先生是学者，倒不如说他是位具有丰富个性的作家更为合适。历来，先生就对那些被定义为"非文学"的学术论文十分头痛，自己所写的那些东西，最终都是以自己的文学形式出现在世人面前的。

众所周知，先生是位出色的"座谈"、"杂谈"的行家里手。如果只是说他口才洒脱流畅、话题丰富巧妙，还远远不够。无论遇到什么话题，他都能巧妙地纳入自己的知识范畴，娓娓道来，妙趣横生。听众常常会不知不觉陶醉在先生的言谈之中。他那种自在绝妙的语调语态，那种雅俗兼容的谈话风格，实际上是与他的随笔文章一脉相承的。

先生的随笔文章学识素养深厚，生活话题丰富，好奇心与探求心旺盛，而且具有锐利的观察力、独特的嗅觉、流畅的笔致。无论从哪一点上来看，都反映出他非凡的文学功底与深厚的生活阅历。并且，在他的文章中，加入了许多具有他自身特点的情趣，使得他的作品闪耀着斑斓的色彩。可以说，丰富的想象力是先生与生俱来的天性。而他又善于将这种想象力不时地穿插到随笔文章和谈话之中，就愈加突出了他的魅力特色。学识与诗情的融合，成就了趣味万千的随笔文章，这便是"奥野文学"最本质的特色。

如此顺其自然的随笔创作，先生自己是这么评价的："许多犹豫不决的事情，一旦回到自己的立场上来思考，就好解决了"，"我的所谓'立场'，也不过仅仅是打开漏窗之一角，窥视世间而已"。(《随笔北京·跋》) 不可否认，对于作家、作品以及某些文学现象之间的相互联系，先生是有自己独到的见解和主观判断的，但那也并不能说明他就是依据一定的方法论而写成的论文、文学评论。我们应该这样看，先生站在"自己的立场"上，从"漏窗之一角"观察这个世界的态度从来都没有变过。在谈到永井荷风的创作时，他认为荷风的创作已经达到了流水成河的自然境界。在《荷风文学读法》一文中，他指出："一定要以平和的心态，打开自己这扇漏窗去观察大千世界"，"绝不以鸟瞰的姿态去观察生活。"这些话，无疑是奥野先生自己长期以来始终坚持的信念。荷风早年信奉享乐主义，是一位在厚重家风中成长，叛逆又温文的张扬着异彩纷呈的青春光华的作家。先生之所以从小就深深地迷恋上了荷风，是因为他自己与荷风有着许多共同点，可谓是趣味相投吧。

## "押错了赌本"

荷风的"花街柳巷"情趣，与信太郎的"街上溜达"情趣可谓是一脉相承。先生写有一本题为《街恋笔记》的书，说自己有一种癖好，就是只要有空，就会在街上来回溜达，彷徨徘徊。对此，他学生时代的朋友青柳瑞穗曾经说过，这是奥野君的"自助小夜曲"。他在街上闲溜达，遇到旧书店自然不会放过，必定要进去看看；遇见咖啡馆也必定要进去，稍稍坐上一会儿；遇上小酒馆就更是喜不胜喜，当然也得进去喝两杯。就这样，他能够凭着自己独特的直觉与嗅觉，把那些别人不在意的娱乐场所通通挖掘出来。

我想，能够像先生这样在工作与玩乐两个方面都乐此不疲的人大概是没有的。他是一个大学教授，但从不受环境等条条框框的束缚，天然、率性地生活。在庆应义塾那种极其自由的学术氛围中，他作为中国文学专业的创始人，并没有受到"师承"的束缚。这样，先生就可以完全放开手脚做自己喜欢的事情了，这应该说是一件特别值得庆幸的事情。

先生是电视节目的特邀嘉宾，有时还出演文学剧，对酒和女人都很在行，所以，就特别引起世人的关注。人们都知道他是位率性的学者，是位经常在广播电视中抛头露面的教授。酒席宴上，他偶尔露几手"绝活"，例如，章鱼舞蹈、泥鳅舞、扮演鬼怪等即兴表演，丝毫没有难为情的样子，而且用尽了吃奶的力气。真是什么样的演出，也不如他的小品引人入胜啊。仅从这一点，就不难看出先生是个多才多艺的人。"赌本押错地方了"，这是先生自己给出的评价。

但是，先生也绝不只是个洒脱通达、率性坦诚的学者。可以说，他既不能好好遵守日常的规章，还是一位有着平常人难以窥见的极其复杂的性格的主儿。

譬如，他把自己关在房间里写作，却表现出很享受孤独的样子。他怀着纯洁无邪的童真，却又会流露出十分狡黠甚至是恶作剧的表情与你开玩笑。他既是一个襟怀坦诚、洞晓世事的社会活动家，又是一个憎爱分明、难以取悦的任性的顽主。同时，他既是一个阅读兴趣十分广泛、潜心钻研学问的人，又是一个放荡不羁、沉湎于酒色享乐的人。他既有明治（1868—1912 年）那一代人一丝不苟的工作态度，又存着任性放纵、缺乏责任感的弊病。

先生的随笔文章，无疑思想是深刻的，题材是丰富的，文笔是优美的。在他的身上，有着浓厚的中国文化的底蕴。所以，他无论在什么情况下，都能够饶有兴趣地舞文弄墨，写出无数明快流畅、洒脱清丽的文章。这实际上也是日本文化最重要的特色，因而备受日本读者的青睐。

在先生亡故数十年后的今天，他的随笔依然受到许多读者的追捧。我想，这也正说明了先生文章的魅力所在。

# 目　录

奥野先生的随笔文章（代序）

# 中国文学的魅力

　　写作本文时，我一直在考虑，该用什么词语来做这篇文章的题目才是最恰当的呢？想来想去，以至于脑袋发涨，最后想到了"魅力"这个词。因为中国文学在某些方面使我真切感受到了它的魅力。在这里，我用一个感情色彩非常强烈的词语来表达，不也正体现了我内心的真诚吗？当然，我的这个看法，也许并非人人都赞同，或者说未必能够产生多少影响，但这对于我来说，能实实在在表露心迹，也就再无遗憾可言了。

　　在我年幼的时候，社会上最重视的学问是"英汉数"，也就是英语、汉语和数学。其中的汉语，除读写之外，还在很大程度上有助于人们的人格形成和精神成长。所以，在略有传统色彩的家庭里，都是要让孩子们学习汉语的。

　　我的家庭恰巧是这样一个具有传统特色的家庭。

　　我的启蒙老师是母亲。母亲教我诵读《日本外史》。所谓诵读，就是并不解释文章的含义与内容，只是一味地朗读，直至读得十分流畅。到底诵读了多少书？在我的记忆里，母亲至少把《日本外史》的大部分都教给了我。之后的诵读老师竹添井井 [1] 先生是个"大人物"，那时，先生住在小田原的十字街上。他每周来京城一次，都要上麹街的平河街道看望我的外祖父子爵桥本纲常。现在回想起来，那大概是在周末吧。因为外祖父每个周六都会一改往日西洋的生活方式，恢复日本的传统，晚上在家里举行诗会，呼朋唤友，吟词赋诗。而竹添先生是诗会的嘉宾，被委以裁判的重任。先生久患肺病，身体一直都很虚弱，借着周六诗会的机会，正好可以在父亲的寓所进行健康诊断或者开药。给先生诊疗治病的，好像是我外祖父的弟子——野崎与多纳两位医生。野崎医生的诊所开在浅草一带，每个周六都不得不丢下病人，前来平河街，据说为此还遭到了许多人的抱怨呢。

就在诗会开始前的三四十分钟，我要上竹添先生汉籍诵读的课。我记得那是明治三十九年至四十年（1906—1907 年）的事情吧，是我在上幼儿园的时候。先学《论语》，接着是《孟子》，间插着也诵读了《十八史略》[2]。我非常讨厌这样的诵读课程。与其说痛苦是来自读那些方块字，倒不如说是自己必须毕恭毕敬地端坐 [3] 在竹添

---

1　竹添井井：1842—1917 年，日本近代史上的外交官、汉学家。名光鸿，字渐卿，号井井。世人多以竹添井井称之。
2　《十八史略》：按朝代、时间顺序，以帝王为中心叙述上古至南宋末年的史籍。此书东传日本，在日本产生了长久且特殊的影响，成为史学史与中日文化交流史上十分重要的作品。
3　端坐：日本人的"端坐"为跪坐。

先生的面前。我只觉得脚痛难忍，便由此生出对诵读的厌恶。

然而，现在回想起来，这样的诵读训练还是大有益处的。我想，我能够喜欢上中国文学，一个很重要的原因大概就是诵读训练所打下的基础吧。当时，我把《文章轨范》[1]这本书中全部 69 篇差不多都背诵下来了。是因为汉语饶有趣味，还是因为汉语生动感人？我不得而知，只是不停地诵读而已。竹添先生曾不止一次地对我说过："现在你必须阅读《十三经注疏》[2]，不过，这本书是要自己认真去读的。"成年以后，每当我面对《十三经注疏》这本书的时候，耳畔便会响起竹添先生的这番话。而且，学习《十三经注疏》，就宛如在茫茫的大海中游泳，不知不觉之间就会觉得已经失去了自我。

虽然，我没有机会参加外祖父举行的诗会，但《幼学便览》《诗韵含英》这两部书却被他们选作了我的课外读物。我开始踏踏实实地接受平仄韵的训练，而辅导老师依然是竹添先生。说起来真的很可惜，当时，先生用红笔为我批改的特别珍贵的习作诗稿，大都遗失了，现在手头仅存几篇。每当我看到它们，心里便会涌现出万般的留恋。

外祖父是在明治四十二年（1909 年）去世的，竹添先生自然也就不再来平河街了，我的诵读课程也随之结束。不过，大概在两年半或三年之后，我又有了接受先生教诲的机会。

---

1 《文章轨范》：一本古文选评集，其选评目的在于指导士子科举考试。选文按学习写作的顺序排列，评点注意释明句意和段落大意，重视修辞法，点出了关于写史评的技法，等等。
2 《十三经注疏》：后人为了便于查阅十三部儒家经典作的注和疏，再加上唐代陆德明《经典释文》的注音，合刊而成。

读到中学高年级的时候，我不禁有些臭美起来。除了读《论语》、《孟子》之类的汉文学古籍外，又开始涉猎其他内容。令我难以忘记的是，那天，我在位于浅草广小路上的浅草屋[1]偶然淘到一本庆安版的《剪灯新话》[2]，立刻就被迷住了，就像蜜蜂钻进花丛一般，拼命地吮吸起来。当时，很多读物都没有"和刻本"[3]，我就找"唐本"[4]来读。我特别迷恋于《子不语》、《夜谭随录》等清代的志怪小说[5]，而将经书完全抛到了脑后。由于受《香奁集》[6]的影响，开始模仿它入神地作起诗词来。还十分热衷地将"印象派"的诗歌译成汉语的古体诗。之所以会深陷于印象派的作品之中，我想，很大程度上是受蒲原有明这帮人的影响。

　　受到森槐南[7]先生作品的影响，我动起了阅读《桃花扇传奇》的念头。记得，那好像是在进入三田读书前后。当然，《桃花扇传奇》是不可能读到的。正是因为读不到，就觉得书中内容不停地在眼前晃动，觉得它美妙无比。有时看到一两句自己能够看懂的句子，就感到它的美妙猛然扩大了十倍二十倍。

---

1　浅草屋：原为日本东京旧时书店的店名。

2　《剪灯新话》：指明代瞿佑撰写的文言短篇小说，中国十大禁书之一。洪武十一年（1378年）编订成帙，以抄本流行。

3　和刻本：指用日文印刷的书籍。

4　唐本：指由中国传到日本的书籍。

5　志怪小说：主要是魏晋时期出现的一种记叙神仙鬼怪的小说，也包括汉代的同类作品。

6　《香奁集》：指唐代京兆万年（今陕西西安附近）韩偓著，是中国古代诗人别集中的第一部爱情诗专集，千余年来社会影响较大。

7　森槐南：日本明治时期著名汉学家及诗词作家。

就这样，我一会儿喜欢这个，一会儿迷恋那个，就在这样漫无目的、胡乱游荡的过程中，发现自己不知何时又回到了儿时曾经亲密接触过的古典作品的世界之中了。读孟子、荀子、韩非子等已是十分有趣，《史记》《左传》更加能够抓住我的心。当我在听折口信夫[1]先生课的时候，发现自己对《诗经》《易经》《礼记》等古典作品特别感兴趣，并且，这样的深切感受一直传续至今。

说到中国文学，实际上包含的东西很多，要是想将它们的魅力讲个明白，也是一件很不容易的事情。但是，最近我真切地感受到，在中国人的思维方式里，是始终贯穿着"诗意"的，即便经书也不例外。而"诗意"最绝妙的产物诗文，正是中国古典文学的核心所在。

当然，我们也可以用高深的理论来讨论这个问题。不过，我深深地感到，就凭一些理论，是很难说明白中国文学的美妙之处的。本来，中国话说起来就有点绕舌头，古典汉语就更是如此了。但是，这恰恰就是它无法形容的美妙之处。就这一点而言，大家都有深切的感受吧。至少，我对中国话"绕舌头"的这个特性是深感美妙的。

也许，中国话的这种"绕舌头"，很快就会失去它的逻辑性，而展现出它的非逻辑性。仅此一点就令人很高兴。因为这样一来，人们才能感觉到中国人的诗意的存在。这难道不正是它的魅力所在吗？！

我说的这些，可能会遭到现代年轻人的批评，但我还是愿意坦

---

1　折口信夫：1887—1953 年，大阪木津村（现浪速区）人，日本国文学者、民俗学者、歌人、诗人、批评家。

诚地说出自己的心里话。回顾我们接受教育的时代,文学也罢,美术、音乐也好,几乎都是象征主义的作品。谈诗歌则必谈马拉美[1],说音乐则必称德彪西[2]。因此,我们对事物的理解往往先要回到象征主义的老路上,然后再向前探索,这也正是我们这一代人无可救药的弊端所在吧。我认为,这对于我来说,并不是一件不幸的事情。就我对中国文学的感受来说亦是如此。如果要让我再挑重点说一说的话,那就是,中国文学的最精妙之处就在于它的诗文。

---

1 马拉美:19世纪法国象征派的代表诗人。
2 德彪西:1862—1918年,法国作曲家。

# 中国文学的前世今生

## （一）

　　说来已经是很久远的事情了。战国时期，一次，魏国国君魏文侯宴请朝中大臣，要求公卿大夫评论自己，畅所欲言。群臣皆赞颂魏文侯是仁厚的君王，说得魏文侯满心喜欢。可唯有国相翟璜说道："臣以为文侯并非仁君。当年攻打中山国，论功首推大王的弟弟，论义也该是大王的弟弟。而大王却将其封给了自己的儿子。由此可见，大王不能称之为仁君。"文侯听得此言，不禁大怒，下令将翟璜逐出了宴会厅。接着，魏文侯又以同样的问题询问谋士任座。任座平静地回答道："依臣之见，文侯是位贤明的君主。臣听说，君主贤明豁达，他的臣子才敢于直言相谏。刚才翟璜先生敢于直言，讲真话，足见大王的贤明。"魏文侯幡然醒悟，忙问任座："翟爱卿还可以追回吗？"任座道："可以。"任座出得厅堂，见翟璜站在台阶上，便以魏文侯名义请他回厅。魏文侯亲自迎接翟璜，并任之为上卿。

这是汉代的刘向在他的《新序》一书中记载的一个典故。自古以来，中国这类典故可谓不胜枚举。如今在我们听来，可能不会有什么感觉，甚至怀疑是人为编造的。然而，可以这样认为，中国古典文学的主要内容差不多都是类似的典故。事实上，岂止是古典文学呢？即便到了近代，呈现在读者面前的，也一如既往地秉承了这样的文学传统，继续着这类"寓言"的演变。

这个典故的前半部分，即翟璜批评文侯，按照当时的朝廷的规矩，属于僭越，作为一国之君的文侯是绝对不允许的。即便是单纯的失礼之过，也是要受到严厉责罚的。而典故的后半部分，说的是任座的对答，既救了翟璜，又顾全了文侯的颜面。也就是说，任座既没有失臣子之礼，亦体察了文侯的苦衷，还保全了同僚的社会地位。这个典故的核心就在于，它涉及中国人最关心、最重要的"礼"的思想。这是外国人怎么也不可能弄明白的。说到底，构成中国古典核心的内容，无外乎这种"礼"的思想。这个精神支柱绝不是仅仅属于过去，它薪火相传到了今天，并还将继续影响中国人未来的精神生活。这一点是十分值得我们关注的。换言之，中国人"礼"的思想，自古至今，始终是影响着这个民族文学创作、日常生活的一种潮流，它所表现出来的顽强的生命力，是任何人都无法否认的。

毫无疑问，我以上所说的内容，都是受儒教影响的结果。也许有人不赞同，认为古代中国各种思想学说错综复杂，要是只提儒家的话，是不是有失偏颇？我有足够的理由这样认为："礼"的思想之所以能够深深地扎根在中国人的精神世界里，是与儒教的巨大影响力以及长期的教化分不开的。那种历经数千年的强化教育，产生的潜移默化的功效，是绝对不能低估的。如果再作深一步的考察，可以认为，中华民族的灵魂中就带有"礼"这个"基因"，其地位就像矿产之中的金银元素一样。儒教以其强大的影响力，充分利用"礼"的特性，在中国人的精神世界和传统文化中深深植根。

任何人都能清楚地看到，在中国的古典文学之中，阐述统治者的理想、道德的内容，是那么强烈地吸引着人们的眼球；而有关被统治者的理想、道德方面的记载，却几乎不见踪影。也就是说，帝王以及诸侯在他们统治的领地中，所有正常的公务活动以及与之有关的私生活，应该如何合理、规范地持续下去，都是有明确规定的。而普通民众，从日子该怎样过下去，如何承担自己的责任等大的方面开始，到相互之间应该怎样交往，应该怎样婚嫁等一些日常生活和个人道德方面的规范，却是基本上没人理会的。不错，在中国的古籍中，《论语》倒是一部涉及个人道德方面的论著。即便是不怎么喜欢读中国书籍的人们，若是有机会接触到《论语》，读了其中的几章之后，也会觉得《论语》是部很有趣的古籍。那是因为《论语》中讲的是个人的道德修养，更直白地说，它涉及我们日常生活许多方面的规范。但是，即便是那些对《论语》感兴趣的人，一旦接触到经书、易经等，兴趣一定就会立刻减去许多。那是因为解读那些生僻的词句已是万难，古籍的内容又远离我们的日常生活，如此几重障碍，也就使得我们的阅读变得兴味索然。

## （二）

还是让我们回到构成中国"古典精神"最显著的内容——"礼"

的思想上来，深入探讨治国平天下的理想与个人的道德、统治者的生活理念与被统治者的生活理念这些问题吧。在中国古籍《大学》中，有这样一句话："欲治其国者，先齐其家。欲齐其家者，先修其身。欲修其身者，先正其心。欲正其心者，先诚其意。欲诚其意者，先致其知。致知在格物。"意思是，意欲治理好国家，则先要调整好自己的家庭。意欲调整好自己家庭，则先要修养好自身的品德。意欲修养好自身的品德，则先要端正自己的心意。意欲端正自己的心意，则先要使自己的意念真诚。意欲真诚意念，则先要获取知识。获取知识的途径则在于探究事理。这段话经常被人们引用，想必读者都已经很熟悉了。简言之，这段话的意思是说，学问艺术的修养，其实与人格的磨炼具有同等的意义；同时，它还与政治密切相关。

也就是说，近乎完美的民众，近乎完美的帝王及诸侯，要是略微夸张一点讲，人世间的所有优秀的技能和极致的性情，都不过是伟大政治的一种体现。因此，完美或者接近完美的帝王、诸侯及士大夫的思想、行动，便可以看作是普通民众个人的准则规范。所以，也就不必特意区分统治者与被统治者的生活理念了。可以这样认为，被统治者的生活理念，已经全部包含在统治者的生活理念之中了，而且，这种"包含"的作用及其"包含"的过程，又是那么的平稳与自然。毫无疑问，在这当中起作用的自然就是礼教了。须知，个人都是站在自己的立场上来选择自己的立场的，国君仁德，民众恭敬，子女孝顺，父母慈爱，世人信义，这些便是人们各自应该坚守的立场。这说的是道德的规范，也是社会的秩序所在，具有明显的"礼"的含意。也就是说，执政者的公共道德，是民众个人道德扩展的极致，而全社会的道德又是与执政者的道德紧密相连的。如此，全社会便形成了一个个刻度鲜明的道德阶梯，也就是我们所说的"礼"。

这种"古典精神"如何被文学吸收，又如何成为文学作品的具体内容？坦诚地讲，这正是研究中国古代文学传承的一个关键所在。

在人们的日常生活中，"礼"最重要的一个功能就是维护社会的秩序。社会秩序是讲究形式的，必须通过种种形式使之得到确认。南朝梁昭明太子[1]所编撰的《昭明文选》[2]，是中国现存最早的诗文总集。读读这部《文选》的目录，心中便会生出许多的感慨。目录是以赋打头，继之以诗，然后散文的顺序排列的。而赋、诗、散文也各自都是有顺序的。就说"赋"吧，最先出场的是班固[3]的《西都赋》《东都赋》，意思是要把对王城之地的描述排列在先。所以，从第一卷至第六卷，都是历代诸家描述王城之地的赋。然后按照祭祀、狩猎、旅行、宫殿、风物、动物等顺序一一排列下来。接着收录的是思想、艺术、恋爱、道德、宴会方面的赋。诗也是有许多种类的，到了散文，分类就更加细致了。我不是要在这里作《文选》的阐释，

---

1　昭明太子：即萧统，501—531 年，南兰陵（祖籍江苏武进）人。南朝梁代文学家，梁武帝萧衍长子，梁简文帝萧纲、梁元帝萧绎长兄。天监元年（502 年）被立为太子。未及即位即于中大通三年（531年）去世，谥号"昭明"，故后世称其为"昭明太子"。

2　《昭明文选》：萧统编集历代诗文而成的总集，共三十卷。原集已散佚，后人辑有《昭明太子集》。

3　班固：32—92 年，扶风安陵（今陕西咸阳东北）人，东汉著名史学家、文学家。

所以，请恕我就这么简单地一说而已。不过，仅从这个目录看，我们就能知道以昭明太子为代表的六朝的人们，心目中的文化意象大致是个什么样子了，确实不乏蒙太奇[1]效果。这种贯彻始终的"文学意象"，通过《文选》目录的排列形式，所传达给我们的，便是昭明太子的"文学意识"。特别值得我们注意的是，这部《文选》的规制，在某种程度上确立了诗文编集的基本形式。这就提示了我们三个方面的问题：（1）每篇作品在被编集的过程中都会找到自己的位置。（2）感受每篇作品存在的价值，是读者天然的义务。（3）这种排序对于中国的文学家们来说，是一个重大的信息。信件有信件的文体，风光游记有风光游记的文体，记载人生经历要用传记的文体，而碑文有碑文的写法，墓碣有墓碣的写法……各种规制不一而足，其严格程度，又岂是外国人的想象力所能够达到的？中国的文学家们，在这么严格、刻板的限制之下，长年累月地训练自己的文学表达能力，实在是令人惊叹不已。这也就是中国的文学家在框架之下发挥自身特色进行文学创作的长期追求吧。所谓的"秩序"，最终必然会演变成为"框架"的同义词。

## （三）

"礼"的思想，体现在中国传统文学中的另一个潮流就是政治意识。《礼记》的《王制篇》这样写道：帝王每五年巡幸一次地方。

---

1　蒙太奇：根据影片所要表达的内容和观众的心理顺序，将一部影片分别拍摄成许多镜头，然后再按照原定的构思组接起来。

巡幸时，命宫廷的乐工收集地方的民谣，作为了解当地民俗风情的资料。《汉书》的《艺文志》记载：古代，朝廷设立采诗官之职，承当民谣采集之责。国王根据他所采集到的内容，了解风俗民情，察知政治上的得失。如今，认为这样的说法只是臆断猜测，不足为凭。已有定论说，历史上采集各国歌谣，作为政治参考的史实是不存在的。可是，或许它就是事实呢？我们来读一读《王制篇》和《艺文志》，如果说那是臆断猜测的话，那这样做的理由是什么？这种"臆断"又怎么能够形成如此这般的规模？对此，我十分感兴趣，因为这里面包含着中国人对文学的社会功能的一种思考。

在古希腊、古罗马的古籍中也屡屡呈现出这样的现象：很难断然区分文学、政治、历史之间的关系。我想，中国的古籍也不能例外吧。我们不仅仅要认识这一点，还应该意识到，这种关系不只是体现在古代文学上，它一直影响到后世。同时，也可以说，这也是显示中国文学特性的一个重要方面。

《春秋左氏传》也好，《史记》也好，作者写作的意图是不是也像现今的历史学家们一样？这是很值得怀疑的。也许，他们是以真实的历史史实为背景，创作一部绚烂的文学作品。也或许，在探究王朝兴亡轨迹的过程中，为后来的统治者提供资政。这样直截了当地说来，或者更能说明事实的真相。

老子也好，庄子也好，他们的思想与儒家不同，是主张不关心政治的，并且，这种看法已经是根深蒂固的了。可是，我们若是用心去考察的话，就会深切地体会到，他们选择的道路或者确实与儒教的思想有所不同，但他们也绝不是对政治漠不关心的。这样说可能更加恰当：他们不是不关心政治，甚至可以说关心得有些过分了，不过他们采取的是"反论法"罢了。例如，庄子在《马蹄篇》中所论述的，既是他的政治主张，又是他的历史观。这些话，哪里是一个不关心政治的人所能够说得出来的？

唐代刘知几[1]所作的《史通》[2]，从史学著作的角度来评价，是一部很出色的作品。刘知几在写这本史学著作时，无论是在精神的准备上，还是在写作的态度上，都具有明确的目标。然而，我们现在读《史通》会感觉到，不管当初作者是出于何种考虑，都会看到他在书中所表达的政治主张与艺术主张，因此而发出会心的微笑。

要是翻开唐宋以至近代文学家们的全集，基本上都能得出这样的结论：他们所有的全集都必然包含政论与史论。对此，诸位难道不感到惊奇吗？要说韩愈、柳宗元这些都做过官的人，他们的行为尚可理解。可是，例如清代戏剧家尤侗所著《西堂杂俎》，李渔所著《笠翁一家言全集》等，也都有许多政论与史论，这实在令人惊讶不已。他们可都是能与我国鹤屋南北[3]、山东京传[4]比肩的戏剧作家啊。

---

1　刘知几：661—721年，字子玄，彭城（今江苏徐州）人。唐高宗永隆元年（680年）举进士。武则天长安二年（702年）开始担任史官，撰起居注，历任著作佐郎、左史、著作郎、秘书少监、太子左庶子、左散骑常侍等职，兼修国史。

2　《史通》：中国及全世界首部系统性的史学理论专著，作者是唐朝的刘知几。全书主要评论史书体例与编撰方法，以及论述史籍源流与前人修史之得失。

3　鹤屋南北：1755—1829年，原名伊之助，又名大南北。日本德川时代晚期的歌舞伎脚本作家，以写神怪剧而驰名，所刻画人物奇形怪状，阴森可怖。

4　山东京传：1761—1816年，江户时代日本具有代表性的剧作家。

作为戏剧作家发表政论与史论，令人不得不从中国文学的传统方面去寻找根源。

文学革命之后的现代文学，愈是可见这种"传统"的强烈脉动。我们只要浏览一下鲁迅的《阿Q正传》，以及老舍、林语堂等人的作品，就不难窥见这个"传统"的影响是怎样的深刻。如果一个人集文学家、政治家、历史学家等多种身份于一体的话，那么就只好用"士大夫"这个词了。由此可见，中国的文学，便是士大夫的文学。

人们普遍的看法是，元代的戏剧之所以兴盛，是因为戏剧被列入科举考试。但是，由于在元史的《选举志》中没有记载，我们只能认为它与前面所说到的"采诗官"的情况一样，是主观臆断的东西。然而，这样的说法到底反映了一种什么样的史实，还是值得我们做一番探究的。试想，在所有的文学都成了"士大夫文学"的景况下，中国人的炽热诉求总还是存在的吧？

# 森鸥外与中国文学

　　活跃在明治到大正年间的日本文学家们，由于受到那个时代的影响，或多或少都具备了一定的汉文学的素养。坪内逍遥、幸田露伴、二叶亭四迷、尾崎红叶、夏目漱石等自不必说，像上田敏的散文、译诗等在用语修辞上的精巧别致，也绝不是"半瓶子醋"的汉语水平就能够达到的。仅从学校的课程来看，明治时代学校设置的汉语课程就要比现在程度高得多，课时也要多得多。当时，在汉语教学方面并不设专门的研究课题。而现在要是想达到那时的学术水平，不像模像样地搞些专题研究是不行的。在那个时代，人们学习汉语不只靠学校的教学，各自还会自修汉文学。既有学习的想法，又有学习的行动。明治时期文学界，户川秋骨拜在朱子学者内田远湖的门下，开始接触宋学；岛崎藤村在通读莎士比亚全集的同时，还特别喜欢诵读杜子美的诗集；而户川秋骨则从杜子美的《画鹘行》中，挑出"秋骨"二字作为名字，还起了个"户川明三"的雅号。

这在现在看来是多么风雅，必引得人们争相传诵。可在当时，类似这样的事情却是再平常不过的。

如此，明治以来文学家们与汉文学密不可分的关系，使得他们具备了汉学的深厚底蕴。可以说，这完全是那个时代的命运使然。就像现在的文学家们汉学基础十分薄弱是一件自然的事情一样，那时的文学家的素养中不可或缺的内容，便是汉学的基础。并且，这种不可或缺性，已经深深地注入了人们的骨髓之中。就这一点而言，人们实际上面临两种选择：一是仅仅将汉学修养看作是一种文学素养而已；一是有迫切的需求，把汉文学素养看成与自己全部的文学活动须臾不能分离的基本功。对此，我怀有浓厚的兴趣。前面所提到的文学界的同仁，给后人做出了很好的榜样。并且，鸥外还具备西欧文学的素养，他的整个文学活动较之露伴来说，展现出了更大的复杂性，取得的成就也就无人能及。

露伴从青壮年直到晚年的作品都足以显示他的汉学素养——作品的构思自不必说，修辞的细微之处也是精雕细琢。然而，尽管如此，若是将鸥外与露伴这两位文学巨匠在中国文学方面的造诣作比较的话，可以断言，露伴是比不上鸥外的。诚然，露伴博闻强识，在中国文学的细梢末节、逸闻趣事方面，或许要比鸥外记得多一些，但若要从对中国文学的见解、创作、随想、论文等整体来衡量的话，露伴是很难攀上鸥外的高度的。在这方面，我们不得不承认鸥外与露伴禀赋上存在的差异。

说起"比较文学"这个话题，若要探究鸥外与露伴到底谁更能引起我的兴趣，我可以毫不犹豫地说是鸥外。事实上，若是只以比较文学作为研究对象的话，肯定是鸥外要胜出一筹。

根据年谱记载，庆应三年，鸥外进入津和野藩校养老馆[1]，开始学习朱子学说[2]。不过，他在前一年就已经师从当时的藩儒[3]米原纲善[4]开始学习了。可以认为，他通过汉字正式地接触中国的思想文化，应该是从那时开始的。在现在人们看来，那些"藩学"、"藩儒"之类，简直就如同封建幽灵一般遥远了。鸥外少年时代发生的一些事情，体现出他喜欢在两种相互矛盾的事物之间游走。实际上，这样的现象贯穿了他的一生。当然，这与他进入藩学学习是没有关系的。相反，倒是极少有人能够像鸥外那样，竭力摆脱藩学的束缚，而追求新的进步。

养老馆是在明治二年（1869 年）关闭的，也就是鸥外 8 岁那年，他实际只在那里学习了两三年的时间。就算他 11 岁进京前都在学习，在藩学的氛围里受教育也不过就五六年时间而已。即便他的脑袋再怎么聪明，也难以理解朱子学说的理论体系，以及宋学在儒学中的地位等一些极其难解的问题。纵观鸥外的一生，比起宋学来，他似乎在汉学的实证分析以及考证方法上的成就更加显著。他一辈子为官严谨，有时甚至显得有些神经质，严格要求自己做一个清官，就像他写的小楷那样。他完全信奉谨直勤勉的处世哲学，执着追求完人的理想信念。他的这些想法和做法，与他在藩学训练过程中养成的诚实严谨——要是往坏里说的话就是追随封建性——不

---

1　藩校养老馆：津和野藩主龟井氏八代矩贤于天明六年（1786 年）创办。以教习儒学为主，兼设汉学、医学、礼学、数学、兵学等课。

2　朱子学说：中国南宋时期朱熹构建的新的儒学体系。

3　藩儒：日本为藩主服务的儒学家。

4　米原纲善：日本著名汉学家。1868 年开始学习《孟子》，1870 年开始学习"五经"等中国典籍。1872 年，10 岁时随父进京。

无关系。他在强烈反抗藩学束缚的同时，又在容忍这种藩学的束缚，在它的影响下成长，直至老死。或许，在他与生俱来的性情中，就具备着这种矛盾的心态。对于他这种沉浸在藩学氛围中受儒教训育产生的影响，我们岂能视而不见？

他进京之后，在整个少年时代给予他重要影响的人物要数依田学海。学海是藤森天山的弟子，要是再往远里说的话，他是继承柴野碧海、古贺侗庵学说的宋学的学者。读过他的《谭海》、《侠美人》、《新评戏剧》等杂著，就知道他就是一个闲云野鹤般的人物。学海在追随藤森天山的同时，又是一个具有革新思维的自由人，在那个时代也是一个不拘常规的汉学家。这样的探索在今天看来，或许会给人过于荒唐的感觉，可在那时，师承是至关重要的。而且，师承对于学生们的影响是十分深刻的。

因为依田学海的缘故，少年森林太郎[1]或多或少可以从所谓的汉学当中获得解放。也就是说，他能够学习中国文学中有趣味的东西了。不过鸥外被中国的戏剧、小说吸引，最初好像并不是因为依田学海。在《Vita Sexualis》[2]中，鸥外是这样描写学海的风貌的：

前些日子，向岛的文渊先生来过。隔着 100 来米宽的田地，他在能够望见隔田川河堤的地方盖了房子。主屋是个二层的楼房，另外又在院子水池的旁边，单独盖了一间书房。仓房里堆满了汉籍，学生们怀里满抱着书籍出入其间。先生大约

1　森林太郎：森鸥外的本名。
2　《Vita Sexualis》：拉丁语。大意是：活跃的性要求与吃饭睡觉一样，对生命具有重要的意义。

四十二三岁的年纪，夫人大概三十岁的样子，还有两三个可爱的女儿。夫人与孩子住在主屋里，而先生则是住在与主屋回廊相连的书房里。先生的工作是编修官，月薪 100 日元。平时坐轿子上下班。……我请父亲介绍，与文渊先生认识，然后请他帮我修改汉语的文章。他的学生把我领进先生的书斋。不管我写的文章有多长，先生只是嘟囔一声："哪个？"便接过去，顺手拿起桌子上的红笔，从头开始纠正标点符号。边点标点符号边修改文章，文章读完了，也就改完了。遇到看不明白的词语，他会做上记号，很讲求文章的前后呼应。……一天，我瞄了一眼先生的书桌底下，居然看到一本汉籍。仔细一看，原来是《金瓶梅》。我只读过马琴[1]版的《金瓶梅》。我知道，那个版本与汉籍的《金瓶梅》内容相差很大呢。可是，先生看得太紧了，一点机会也没有啊。

在明治三十年（1897 年）八月发表在《醒目草》第二十二卷上的《水浒传论》一文中，鸥外这样写道："我在十四五岁的时候，曾经借到过一本翻刻《照世杯》的小说集。"十四五岁不正是他在学海门下学习汉语的时候吗？我猜想，原来那时的少年森林太郎，就已经从喜爱中国小说的学海那里知道中国的这些古籍了。（鸥外少年时代在学海书斋里偶然看到的那本《金瓶梅》，现在就放在我的书架上。卷末有学海的亲笔记事：明治辛未晚春，读完于月明花香之处。

---

1　马琴：即曲亭马琴，明和四年至嘉永元年（1767—1848 年），日本江户时代后期的读本作者。天保二年（1831 年）编发第一集《新编金瓶梅》，于弘化四年（1847 年）编集完成，共 10 集。

云云。）

鸥外发表在《醒目草》杂志上的《水浒传论》并不很长。但我坚信，这是我迄今读到的有关《水浒传》阐述得最得要领、最为精彩的文章。

首先，他从《宋史》的《徽宗本纪》、《侯蒙传》、《张叔夜传》中选取史实，与宣和四年（1122年）刊印的《宣和遗事》[1]的章节目录一一比照，简明扼要地阐明《水浒传》文本的演变过程；接着，他批驳了金圣叹评水浒的文章，考证了《水浒传》中宋江观灯是基于方腊观灯的史实；然后依据《盖世盃孔雀道人序》，指出《水浒传》是以宋朝初年的史实为依据创作的一篇小说的说法，其实并不是什么新的发现，很早以前就有人这么说了；最后，他就《水浒传》是怎样描绘中国社会的现实，进一步强调了这部小说的重要性。

鸥外写作这篇文章是在明治三十年（1897年），那时中国在戏曲小说方面的学术研究还完全没有展开。在这样的情况下，鸥外这篇文章令人瞠目结舌，引起强烈反响。无论从哪方面讲，这都是一篇出色的文学作品。

在这篇《水浒传论》发表的第二年，也就是明治三十一年的春天，鸥外花了大约一个月的时间，作了戏曲《琵琶记》的研究。在当年二月二十七日的日记中，他这样写道："为了写作《标新领异录》一书，重读了《琵琶记》。"在三月二日的日记中，他这样写道："将《琵琶记》的大概内容口授给了笃次郎。"在三月二十七日的日

---

1 《宣和遗事》：编者不详。全书内容都出于宋人的记载，反映了汉族人民爱国抗金的思想感情。

记中，他又如下记载："作了《评琵琶记》一文。"而《评琵琶记》这篇文章是在四月份《醒目草》的第二十二卷上发表的。这里值得我们关注的，就是他在二月二十七日的日记中提到的重读琵琶记的这段文字。我们不禁要问：他最初读《琵琶记》是在什么时候呢？我们并不清楚。如果这确实是明治三十一年二月以前的事情的话，那么，我认为，他比起这方面的开拓者、专家森槐南来，读《琵琶记》的时间一点儿也不晚。在《评琵琶记》中，鸥外对《琵琶记》的由来进行了考证，认为可能出自以下四人：东汉蔡伯喈、唐代牛僧孺、宋代蔡下、元代别儿怯不花丞相，并且就以上四个史实进行了论证。但是，其中哪一个是可信的，鸥外并没有提出自己明确的看法。其实，有关《琵琶记》典故的这四个出处，最初也源自中国。通过评论《琵琶记》，鸥外就恋爱与道德之间的关系，从不同的角度进行了探讨。

我以为，恋是低等的欲望，孝是高等的道德。这是众所周知的事情，无须作什么说明。其中隐含着十分可怕的意图。为什么这么说呢？因为事实证明了这一点。道德还是不道德这个问题，从人们对待"利"与"义"的态度上就开始了。所谓"孝"，就是要重视自己的父母。但往往是思想上知道要孝敬父母，而行动上并没有做到。"孝"是建立在远离欲望的冷酷的思辨的基础之上的。我对这个问题研究得不深，但我懂得，欲望是低级的，却又是温暖的，而道德是高尚的，却又是冷酷的。

其实，鸥外对他所说的"冷酷"的戏曲《琵琶记》是特别感兴趣的。例如，在明治三十二年至四十年（1899—1907年）他用毛笔写的两本笔记《尘冢》中，在"语汇"这个条目下，抄写了许多文语俗语，并且在许多地方加了注。从《琵琶记》名称出现的频率来看，他是反复读过这本书的。不过，他仅仅研读了一个月，就写出了长篇大论《评琵琶记》，使我们了解到鸥外本人对这部戏曲的评价。要是仔细地读一读他的文章，我们就会发现，其实，较之于他所谓的"温暖的戏曲《西厢记》"而言，倒是在"冷酷的戏曲《琵琶记》"上倾注的感情更深一些。我们从以下他的一些话语中便能够体会到："《琵琶记》去欲存德的情节，很有利于在公众中普及。剧中的细节也都能够给观众留下深刻印象。""《琵琶记》以孝为本，辅之以传奇的故事，就更加提高了传奇故事的价值。"

鸥外的《水浒传论》与《评琵琶记》两篇文章，是从两个完全不同的角度着墨，表达了自己的想法和意图。那种别具一格的意蕴，在许多方面都给了我们深刻的启迪。可一旦涉及鸥外在中国文学研究中的地位这个问题，我就不知该怎么说好了。鸥外在中国戏曲、小说研究方面，主要问题是涉猎不深。我以为，凭着鸥外旺盛的求知欲望，在这些方面要想达到顶端，原是不成问题的。那么，在中国文学的哪些领域里，鸥外涉猎较为深入，并产生了足够的影响？中国文学深刻的影响力在鸥外成长的过程中，又起到过多大的作用呢？这些问题都是需要深入探讨的。

使得鸥外晚年大放异彩的是《伊泽兰轩》、《涩江抽斋》、《北条霞亭》等史传文学的大作。对于这些文学巨著的价值，当代终于有所认识了。我们不妨来看看他的这些大作形成的过程。在大正初期的四五年时间里，他写作了一些同类的短篇作品，如《大盐平八郎》、阿寿弥的信件、铃木藤吉郎的小传以及当时名噪一时的《兴津弥五右卫门的遗书》、《护持院原的复仇》、《佐桥甚五郎》等历史小说。我们阅读他的全集便可得知，史传作品是鸥外一辈子孜孜不倦的追求。早期的《阿育王事迹》、《西周传》等，自然都是可以计算在内的，还有数量众多的年谱的制作，以及用汉文写作的传记、碑文等资料，真可谓数不胜数。

中国的历史文学中，在司马迁的《史记》之后，收录进正史的个人的"列传"，或者收入总集、别集的碑文、墓志、行状、传记等文字，数量也是多得惊人。但是，在这里值得我们特别关注的是《史记》的列传——司马迁首创中国文学之先河，将个人的画像列入传记文书之中。后代史学家就一直在沿用此法，以至于最终变成了陈规陋习。可以这样认为，传记文学即便怎样煞费苦心地勉强支撑，东方文学的高度也已经难以为继了。从这一点上来看，可以说传记文学原本就是属于西欧的东西。

鸥外喜欢用汉语撰写碑文、传记、年谱，这实际上是在追随中国古代史家文人的传统做法。这样一来，就把自己圈进了一个很狭小的趣味空间。从他晚年那些作品的社会效果来看，不能不说与他这种趣味有很大的关系。我们从鸥外对于中国文学的选择上，可以更加明了他与中国文学的渊源。他少壮之时，单凭兴趣喜好的史传文学，刚刚萌芽便又萎缩了。后来，我们又看到他试图以西方文艺复兴的野心，重新振兴这个东方文学的传统项目。如此往复，也意味着他不断成长。由此，他把迄今为止未被注意到的文学的新领域展现在世人的面前，使得大家豁然开朗。

考据学是扎根在中国文化深层的一个传统科目。然而，鸥外并不是就考据学而研究考据学。我们要是读一读他的短篇小说《鱼玄机》，就能找到答案。写作《鱼玄机》时，他认真细致地考证了《三水小牍》[1]之后的十多种相关文献资料，以及《旧唐书》之后的十八种有关温庭筠的文献古籍。他将考证的成果直接写成了文学味道很浓的作品。虽说这些作品脱胎于考证，却难以觉察到考证的痕迹。

鸥外在中国文学方面做出的取舍，绝不只是与之关系深厚的史传一项。与之相似的其他一些内容，我们从他的文章中也可以体会得出来。我们读一读他明治年间的作品，比如《即兴诗人》《泡沫集》等文章，不难剖析其中的汉和文脉。然而，他晚年的文章归于淡然，能使人感觉汪洋大海一般的浩荡。从中，我们能够觉察到司马迁的影响，可以瞥见苏东坡的身影……若是想一一对号入座，倒是一件很难很难的事情了。要是仔细品味他晚年那些淡然的文章，琢磨他的布篇结构，我们不得不叹服他深受天衣无缝的汉语语法的影响，那种自由的起、承、铺、叙、过、结，那种很有力度的破题、总提，以及巧妙的照应、转折……他将表面的生硬一概消除，使得他的作品有一种自然流畅的感觉。同时，他喜欢诵读的《春秋左氏传》[2]的韵律，也悄然流淌其间。能够真切感受到这些的，又岂止我一人？事实就是，在鸥外扬弃中国历史文学的时候，我们看到他在其他方面的研究加深了；在鸥外扬弃《左传》显露出来的韵律的时候，我们看到了他的文章竟然有与《左传》一脉相承之妙。

---

1 《三水小牍》：记载晚唐异闻轶事的传奇小说集，一部分带有神怪色彩，唐末皇甫枚撰。著名篇章有《飞烟传》。
2 《春秋左氏传》：原名《左氏春秋》，汉朝时又名《春秋左氏》、《春秋内传》，汉朝以后才多称《左传》。

# 荷风与中国文学

对于永井荷风[1]来说，用"中国文学"这个词汇是否恰当？我想，这是存在着很大疑问的。还是称"汉文学"，或者"荷风与汉文学"，显得妥当一些。毕竟在荷风的眼里，任凭怎样划分，日本汉文学的干扰总是排除不净的。

即使是对待本国的文学，荷风亦是如此。例如，较之于正统的王朝文学，他倒是更加倾心于江户时代的戏剧著作，有时喜欢蜀山人的狂歌[2]，有时又爱上为永春水的人情本[3]。对于中国文学亦是如此。

---

1　永井荷风：1078—1958年，日本作家，代表作《地狱之花》

2　狂歌：日本的一种诙谐式的短歌，多见讽刺、滑稽的风格形式，构成形式为"五七五七七"。

3　人情本：日本江户地区以婚恋情事为素材创作的读物。江户时代后期的文政年间至明治初年较为盛行，以女性读者居多。为永春水是具有代表性的作者。

比起气势宏伟的辞赋、唐诗来，他倒是特别赞赏袁枚的随笔以及王彦泓[1]的诗情。并且，对于大窪诗佛[2]、大沼枕山[3]等的作品，更是爱不释卷。说起来，按照如今的观念，称"中国文学"的话，就有了外国文学的味道，这在荷风看来，大概是不合适的。只有将其称为"汉文学"，他的心里才会感到舒坦一些。

我以为，荷风对于日本汉文学以及江户末期文人作品的喜爱，是我们在理解荷风文学作品时必须充分关注的。因为，荷风眼里的大窪诗佛、大沼枕山、馆柳湾、成岛柳北等名家，与当时或者后来的汉学家、汉诗人眼里的诗佛、枕山、柳湾、柳北等是不一样的。

换而言之，要攀登中国文学这座高峰，必须通过江户汉文学这条谷底的小径，才能迂回登上江户戏剧文学的峰顶。若是不经过中国文学这条必经之路，一切都无从谈起。这个比方揭示了荷风文学思想的全貌，也可以说是荷风汉文学观念的核心所在吧。这里所说的是从高峰到高峰之间的小径，而荷风正是这个"小径"的发现者，并且乐此不疲地在这条小径上不断攀登着。我并不知道其他人的攀爬是否快乐，重要的是我们清楚地知道荷风本人在攀登这条"小径"的过程中是十分快乐的。就这一点而言，鸥外应该是知道这条"小径"的，甚至也许比荷风知道得更清楚。不过，他在攀登的过程中一定是不快乐的。所以说，唯有荷风一个人才能达到这样的境界。

---

1　王彦泓：1593—1642 年，字次回，明末诗人。喜作艳体小诗，词不多作，而善改昔人词，著有《疑雨集》。

2　大窪诗佛：1767—1837 年，江户时代后期的汉诗人。

3　大沼枕山：1818—1891 年，日本江户人，汉诗人。

荷风的父亲禾原永井久一郎[1]是明治时代著名的汉诗人，其外祖父鹫津毅堂是尾张藩[2]的儒学家，这些情况是大家都知晓的。在《冬天的苍蝇》集中，有一篇名为《西瓜》的随笔文章，荷风回忆了自己少年时代的经历。他写道："按照当时的要求，早早地就开始了古籍《大学》的诵读，成年之后，又将吟诵儒家的文章、诗词作为乐事。这样一来，日常生活的许多道德规范，也就在不知不觉之中，通过儒家的经典熟烂于心了。"

由此可知，荷风诵读"四书"是从《大学》开始的。根据我的想象，接下来该是《中庸》、《论语》、《孟子》等。以《大学》作为诵读的入门教材，是当时汉学修业的正统做法。诚如他自己所说的那样，确实受到许多儒家思想文化的影响。尽管荷风文学的出发点，离不开与周边的儒教氛围，以及飘荡着的伪善的东西进行强烈的对抗，但他晚年的生活谨守本分、为人正直、崇尚礼仪，可以认为，这与他少年时代所受到的儒教熏陶有着很大的关系。

他的家庭氛围也是充满着文人的艺术趣味的。每年，梅花开始凋零时，他家必定会在客厅间挂上何如璋墨笔、苏东坡作诗的卷轴——

　　梨花淡白柳深青，

　　柳絮飞时花满花。

　　惆怅东栏一株雪，

　　人生看得几清明。

---

1　禾原永井久一郎：1852—1913年，日本汉诗人、官员。
2　尾张藩：指统治日本爱知县西部的尾张一国与美浓、三河以及信浓各一部分的独立领主。

每年的十二月中旬，他家都要点燃红烛，举行祭奠苏东坡的活动。还要将装有《佩文韵府》[1]《渊鉴类函》[2]《汉魏丛书》《全唐诗》、《御定四朝诗》等书籍的书柜，排列在狭小的空间里。可对于这样的做法，荷风又会有什么样的感想呢？禾原与他同时代的那些人，都是在汉文学的熏陶之下成长起来的。汉字排列的视觉之美，在他们的眼里比画卷还要美妙许多。如果失去了这样的感觉，无异于切断了文学与他们人生之间的所有联系。他们就像那些丝毫也没有寂寞与悲哀的得道升天的神仙一样，借用古人的词语就能作出美妙的诗句。面对这样的现实，荷风表现出了极其强烈的抗拒。他从小就接受汉文学的教育，并且对此表现出了很大的兴趣。而如今，又对儒教教化所产生的伪善，以及与人生没有丝毫关系的文学，表现出了强烈的否定态度。

《冬天的苍蝇》随笔集中收录了一篇题为《十六七岁的时候》的文章，其中写道：

> 汉诗的作法，最初我是跟着父亲学的。后来，拿着父亲的亲笔信，拜到了岩溪裳川门下。每个周日听先生讲解"三体

---

1 《佩文韵府》：清代官修大型词藻典故辞典之一，专供文人作诗时选取词藻和寻找典故，以便押韵对句之用的工具书。清张玉书、陈廷敬、李光地等七十六人奉敕编撰。"佩文"是康熙的书斋名。
2 《渊鉴类函》：清代官修的大型类书，共计四百五十卷，分四十五个部类，以《唐类函》为底本广采诸多类书集成此书。张英、王士祯、王惔等撰。

诗"[1]。裳川先生时任文部省官员，住在市谷见附旁边四番町的胡同里。……我在裳川先生的讲堂上，初识了亡友井上哑哑君。当时所作汉诗与俳句的稿子，昭和四年（1929 年）的秋天，被我与成年后所写的各种原稿一起，从永代桥上统统扔进了河水中，现在已经什么也不记得了。

在他这则短小的记叙中，我们能够了解到许多东西。其一，荷风接受过汉诗的正规教学，学的还是"三体诗"。难怪在荷风晚年的作品中，引用了许多的"三体诗"，原来渊源就在这里。所以，当他引用了一二句唐诗之后，就会突然想起少年时代听过的岩溪裳川先生讲授的"三体诗"。其二是与井上哑哑成为好友的机缘。对于哑哑，荷风在他的文章中经常提及，且对其表达了深切悼念之情。当时，哑哑在第一高级中学读书，具有深厚的汉学素养，生活放荡不羁。他还与岛田翰等人一起，经常把古书换成金钱，去赴花街柳巷之约。他曾经对荷风产生过深刻的影响。昭和四年的秋天，由于心有所思，把初期的诗稿以及其他稿件一齐扔进了隅田川。那么，他的"心有所思"，所思者为何？他没有作详细的记叙。这件事情已经无法弄明白了，不得不说是件令人遗憾的事情。

我试着逐条查阅了《断肠亭日乘》[2]昭和四年秋天的所有条目。从

---

1 "三体诗"：宋初诗坛诗派林立，主要有"白体"、"昆体"、"晚唐体"三派，谓之"三体"诗。

2 《断肠亭日乘》：永井荷风（1879—1959 年）从 38 岁到 79 岁逝世之前 42 年间的日记。"断肠亭"是荷风的别号，"日乘"就是日记的意思。

九月至十一月期间，没有见到他前面所提及的事。只是在此期间，他曾经六次去过中洲。也许，在此途中，他顺便将自己的文稿扔进了河中。这样一来，他当时写的是些什么样的诗，我们就无法弄清了。不过，很幸运的是，明治四十三年他在《三田文学》上发表了小品文《夏之町》，使我们能窥见其中的一些缘由。

他在这篇文章中写道：中学毕业的前一年，他在逗子海岸<sup>1</sup>模仿柳北的文章，写作了一篇题为《红蓼白蘋录》的自传体文章。在这篇文章中，不时地插入一些绝句。我想，这篇《红蓼白蘋录》应该就是被扔进河中的原稿之一吧。我试举例两首《夏之町》中的绝句：

> 已见秋风上白蘋，
> 青衫又污马蹄尘。
> 明月今夜消魂客，
> 昨日红楼烂醉人。
>
> 年来多病感前因，
> 旧恨缠绵梦不真。
> 今夜水楼先得月，
> 清光偏照善愁人。

较之前一首，后者显得更有意思一些。最有意思的是后面那首诗中"年来多病感前因，旧恨缠绵梦不真"这句的感怀，始终贯穿在荷风后半生文学走向之中，似乎使人感觉到其中带有一种可以作

---

为精神分析对象的阴森之气。这些东西即便不是他少年时代的真实感受，仅仅是文学上的一种游戏，这种感怀也会令人感觉到有一种精神上或肉体上的窘迫。并且越到晚年，这种"窘迫"就越是成为影响荷风精神成长的因素。

同样是在昭和四十三年（1968 年）十二月发表在《三田文学》上的《下谷的家》一文中，他叙述到自己在十七八岁的时候，一边在摆弄《幼学便览》、《诗韵含英》，一边被中国的香奁体 [1] 吸引，并且十分热衷于模仿这种诗体进行诗歌的创作。

香奁体来自唐代诗人韩偓的诗集《香奁集》，是一种艳体诗。而中国的艳体诗，可以追溯到很久以前的《玉台新咏》[2] 或者晋代女诗人们的恋爱诗词，被冠之以"香奁"的别称。一般认为，这种通篇贯穿了哀艳文字的文体，始于唐代的韩偓 [3]。年轻时候的荷风被这样的诗词吸引，也是情有可原的。

---

1　香奁体：指那种专以妇女身边琐事为题材，多绮罗脂粉之语的诗歌体裁，又称艳体。宋严羽《沧浪诗话·诗体》云："香奁体，韩偓之诗，皆裙裾脂粉之语，有《香奁集》。"清赵翼《怀清桥》诗曰："挽诗难用香奁体，冤魄犹留血影砧。"另有宋代诗人陈允平的《香奁体》一诗。

2　《玉台新咏》：是继《诗经》、《楚辞》之后中国古代的第三部诗歌总集，收录上至西汉、下迄南朝梁代的诗歌作品，被认为是南朝徐陵在梁中叶时所编。

3　韩偓：约 842—923 年，晚唐五代诗人，字致光，号致尧、玉山樵人。陕西万年县（今樊川）人。龙纪元年（889 年），韩偓中进士，初在河中镇节度使幕府任职，后入朝历任左拾遗、左谏议大夫、度支副使、翰林学士。其诗多写艳情，被称为"香奁体"。

在这里列举他《下谷的家》中的三首诗。

其中第一首：

> 孤碑一片水之涯，
> 重经斯文知是谁。
> 今日遗孙空有泪，
> 落花风冷夕阳时。

这一首读来并不像是艳体诗。而后面的两首，就是地地道道的艳体诗了：

> 艳体诗成拂壁尘，
> 竹西歌吹买青春。
> 二分明月犹依旧，
> 照此江湖落魄人。

> 别后情怀愁易催，
> 相思有泪梦低回。
> 桃花落尽人何在，
> 细雨江南春水来。

荷风少年时的诗作，现在我们虽然只能读到他在《夏之町》和《下谷的家》两本书中留下的五首，但足以窥见，那时的荷风，已经是位才华横溢的少年。即便在他的诗作当中，不可避免存在着汉文学文字上特有的夸张，可亦不能断定少年老成的他，那些炽热的情感就都是虚构的。如果说"落花风冷夕阳时"一句还免不了带着些少年的幼稚，那"竹西歌吹买青春"、"别后情怀愁易催"等句，就不能不说明他的老成与练达了。同时，可以认为，那时的荷风对这样的风景亦是渴望难耐的。

追忆当时的情景，荷风在《下谷的家》一文中坦言道："我感到汉诗实在太抽象，也很憋闷，就去投奔柔和自在的为永春水的文学了。"这样的说法，并非矫妄之语，应该是符合他当时实际状况的。同时，汉诗采用过于夸张的写作技巧，具有扼杀真实情感的倾向，这也是难以否认的。青春勃发的心，向往柔软自在的文学氛围，原本就是十分正常的事情。即使如此，纵观荷风的一生，采用汉诗的思维方式感受事物、理解事物，早已像灵魂附体般深入了他的骨髓。晚年，他借助法国文学的知性与理性，畅游在它那明净柔和的海洋里，创造了辉煌的文学业绩。从中我们可以看到，古汉文学的素养就如同血肉，成为荷风文学最重要的支柱。

晚年，荷风可以说是恣行无忌，对于汉文学，他已经完全进入了随心所欲的境界。那是因为他早已克服少年时代曾经厌恨汉语诗词的心理障碍，真切地品尝到了汉文学的绝妙佳趣。这到底是不是汉文学最正宗的味道？又是另外一个问题了。荷风自有与众不同的方法，他通过长期的文学实验，体味并发现了这种妙不可言的真滋味。荷风在小说《父恩》最后一章中，谈到了他是怎样摄取中国诗文的，而摄取的方法又应该遵循怎样的程序，等等，十分详尽而又中肯，很值得一读。

荷风说，在中国的抒情诗当中，深藏着永不泯灭的生命力。当我们从热情奔放的青春的梦想中醒来，痛感蹉跎的岁月年华，愤恨庸俗的尘世……而这坚强的古典文学，却总是用它那克己的冷静，来抚慰我们受伤的心灵。

过去，在唐代都城长安那些华美的宫殿中，藏着众多奸猾的权臣，他们结党营私，排斥与迫害正直的官员。那些遭受排斥与迫害的正直官员们，或者骑着瘦驴徘徊在寂寥的旷野，或者乘着孤帆游荡于茫茫的黑水，或者隐居于贫瘠的故乡山村……在他们出行途中，偶尔也会遇见同样失意的古旧好友。他们便在荒芜驿站酒馆昏黄的灯影下相对而坐，举杯对酌，吟诵惜别的诗句。但是，他们既不会哭泣，也不会破口大骂。他们"吟咏如大山一般安然，似河流一样清冽"。他们"借清纯的文字，托付自己全部的情感"，他们"含着眼泪，将所有委屈吞进肚里"。荷风以这样的心态，深刻理解了唐诗中所隐含的真谛。

荷风出生在儒教氛围浓重的家庭，因而有与此相匹配的素养。可以说，他对汉文学的嗜好，并不完全是按照正轨走的。这一点无须多说，我们从他少年时代试作香奁体诗作上已经了然。他的父亲禾原，在清朝时的中国，也曾给妓女赠送过艳体诗。这件事荷风是以十分愉快的笔调在自己的随笔作品中表达出来的。那禾原是不是也在十四五岁的时候就写过艳体诗呢？现在还是个疑问。不过，想必他当年应该也是眼睛盯着经书，写的诗也不外乎人伦、咏史而已，要不就是四处游历，汲取天地山川之精华，修身养性。可荷风不一样，他被艳体诗勾去了魂魄。他将少年时代的诗稿以及其他的文稿全然扔进隅田川，其中原因是什么？也许是严格的家庭教育，半强制地让他作了大量有关咏史、人伦、纪行等方面的文章诗赋，以致数十年后激起了他的反抗情绪，而最终付之一掷。这完全是我的猜测，不足为凭，但也不能完全排除这样的可能性。

在这里，我想探究一下荷风当年进入东京外国语学校（现在的外国语大学）专门学习中国语的动机。很可能是禾原想给已经堕入无赖生活的荷风一个深造的机会，希望他掌握一个专长以自食其力。当时选择的是相对比较容易考取的中国语学科，以便学成之后能够有利于他从事经济相关的工作，同时，这个专业与他从小接受的汉学教育也多少有些关联。想必是禾原左思右想才做出的这样的决定。

荷风进入东京外国语学校学习的那一年，禾原辞去了官职，进入日本邮船公司工作，任上海分店的店长。就这件事而言，是不是也可以说与荷风进入外国语学校的动机有关呢？

当时，外国语学校中国语学科的主任教授，是后来兴办善邻书院的宫岛大八[1]。他在外校任职期间，得到了冈本正文、吴泰寿、金国璞、博迪华、松云程、宫锦舒等的通力合作。教科书用的是《日英汉语言合璧》、《官话指南》、《谈论新编》、《官话编》、《北京纪闻》等。这个情况是我专门向大致与荷风同时期在校的、去年已经作古的神谷衡平先生打听来的。神谷先生对当时在校的荷风还有一些印象，但也不是什么特别深的印象。从荷风中途退学的情况看，想必也不是什么勤奋的学生，所以没有太深的印象。但有关当时荷风的老师，还有学校所使用的教科书之类的事情，多亏我问神谷老先生才得以知晓。

第一学期结束后的假期里，荷风去了上海游玩。就住在父亲公

---

1　宫岛大八：1867—1943 年，日本明治至昭和前期活跃于文学界的书法家、中国语言教育家。

司的院子里，是一栋法国式的二层洋楼。这是分店店长的公司住宅，一楼是客厅与餐厅，楼上是带阳台的两间房间。楼上是父亲的书房和卧室，荷风就在一楼里面的一个房间起居。在上海逗留期间，使得情窦初开的荷风感到非常吃惊的，是中国美丽而强烈的色彩。女人们身上的丝绸服装，院子里的各色花卉，宝石般精工细作的纽扣，女人们随身携带的刺绣荷包上的光泽，悄然伫立在荒野上的龙华寺的宝塔，还有剧场、茶馆里嘈杂的声音，无一不给荷风以强烈的感官刺激。这次中国旅行，也为荷风汉文学的精进提供了新的给养。

荷风对于汉文学的嗜好，其实是带有很大的偏向的。这种偏向，完全随荷风个人的状态在发展，也无非就是把人生当中可能遇到的所有失意，如颓废、寂凉、悲伤、悔恨之类的情感付诸文字。让我们来读一读他《断肠亭记》[1]中那篇题为《夏装》的小品文吧。他认为，颓废的伤感情绪未必都发生在深秋树叶缤纷下落的时节，春天万物更新、萌芽初生之际，往往更加令人坐卧不安。他列举了吴融的《废宅》、杜牧的《子规》等诗句。看得出来，这些都是荷风喜欢的诗作。尤其是杜牧的"一叫一回肠一断，三春三月忆三巴"这句，给他留下了极为深刻的印象，在荷风的全部作品中出现过两次，可以说，这是十分难得的。

---

1 《断肠亭记》：日本著名作家永井荷风的著作。他在大正五年至七年（1916—1918 年）居住在新宿区余丁町，因院中种有断肠花，而为自己的寓所起名"断肠亭"。荷风在这个家里，自大正六年起开始写日记，直至去世。日记名为《断肠亭记》。

荷风特别喜欢引用唐诗。我想，这肯定与我们前面所提到的他在少年时代熟读"三体诗"、唐诗，以至于达到了烂熟于心的程度有很大的关系。不过，在中国古诗方面，荷风只是读唐代的诗，魏晋南北朝的诗文几乎没有读过，更不用说秦汉时期的了。同时，唐诗也只限于绝句，古诗、乐府体等作品也没有接触过。当然，这并不是说我们就掌握了荷风既没有读过文选，也不熟悉唐代长篇诗歌的证据。荷风引用诗句时，差不多就像引用民间通俗谚语那样，显得极其轻松自如。因此，可以认为，荷风对那些长篇的诗歌也是能够熟记的。荷风在引用诗句时，也将其视作普通的词语，从不拘泥于原著。根据我的经验，当他需要引用诗句时，完全是凭着记忆，凭着自己少年时代熟读的"三体诗"以及唐诗选句子的功底，尤其是绝句的功底，脱口而出。而荷风晚年爱读中国诗文集，写作引用的时候总是照抄原著，那一定是因为他没有能够背诵下来。

在此，我们可以列举明末诗人王次回的例子来做说明。对于王次回的诗词，荷风在《断肠亭杂稿》的《初砚》一文及后来的小说《雨潇潇》中，都大加赞赏。

王次回留有著作《疑雨集》、《疑云集》两部。荷风好像只爱读他的《疑雨集》。《疑雨集》收录了他从明代万历四十三年至崇祯十五年（1615—1642 年）之间的文稿。王次回出生年份不详，但他是崇祯十五年六月十八去世的。出生地是江苏省金坛市。自从崇祯元年他妻子死后，他在病贫交加中独居到去世。他从未担任过官职，以一个白衣诗人的身份终了一生。

就是这样的一个王次回，荷风又是对他倾注了怎样的激赏？譬如，在《初砚》一文中他这样写道："试读王次回之《疑雨集》，全集四卷，悉皆情痴、悔恨、追忆、憔悴、忧伤之文字。其文体之端丽、词句之幽婉，又其感情之病态，即可与波德莱尔相媲美。中国诗集之中，吾竟不知尚有美如《疑雨集》者。横溢于波德莱尔《恶之花》卷中之倦怠颓唐美感，竟无一遗漏者，盖《疑雨集》之特征也……"另外，对他《岁暮客怀》、《述妇病怀》、《悲遗十三章》、《愁遗》等七言绝句，以及七言律诗《强欢》，也做出了绝口的称赞，说他的这些诗"惨淡的情怀、凄艳的辞藻，不乏阴气逼人之感"。

《雨潇潇》是荷风的小说作品，也是随笔小说。他在小说中也引用了《疑雨集》卷三所载的两首七言律诗，其中的一首为崇祯四年的《感怀杂咏》，另一首则是崇祯六年的《补前杂遗三章·其一》。这两首诗均为王次回描述自己晚年孤寂生活的作品。

当然，王次回的《疑雨集》，到底能否与波德莱尔的《恶之花》相匹敌，想必也是有很多不同看法的。这也不是我们三言两语就能够说得清楚的，我们姑且当作荷风的一家之言，听之任之罢。但可以断言的是，在对中国诗文以及西欧诗文的鉴赏上，荷风都具备了自由融通王次回与波德莱尔作品美感的能力，并且为之大加赞赏，这实在是一件令人感慨万千的事情。就这一点而言，上田敏[1]曾在他的诗文欣赏方法论上有过论述。想来，荷风也是认同他的看法的。这在当时，也的确是文学鉴赏的最新的方法论。

人们将荷风的《雨潇潇》看作随笔小说，那么，被称之为荷风代表作的真正的小说作品《濹东绮谭》，从某些方面看，也与《雨潇

---

1　上田敏：1874—1916 年，号柳村。日本评论家、诗人、翻译家，亦曾以上田柳村的笔名发表过作品。

潇》有异曲同工之处。例如，在这部作品中，他引用了依田学海的《墨水二十四景记》，提到了初秋曝凉[1]，还选取了曹雪芹《红楼梦》第四十五回所载的古诗《秋窗风雨夕》。如果读者不知道荷风曾经在写作《妾宅》、《雨潇潇》的过程中，采用随笔散文的手法，随处取材创作小说的话，一定会对这种情况感到十分惊奇。

问题就在这首《秋窗风雨夕》上。就我所知，荷风并没有接触过《红楼梦》，也没有在他的日记等个人资料中提到他阅读过《红楼梦》。荷风仅从这首长篇古诗中抄录了六行诗句。甚至还说：等到有了机会，我想把它翻译成日文。原作中，这首诗写的是可怜的少女林黛玉病卧在床，随着秋天的来临，已是奄奄一息的情景。而在《澌东绮谭》中，只是在提到秋天的景色时引用了这几句诗。我想，荷风应该不是随手翻开《红楼梦》，偶然看见这首诗，便硬把它添加到文章中去的吧。这首诗是在什么样的背景下插进来的？又是因为什么人而写的？围绕这些问题，荷风肯定查阅过许多古籍，很可能是在被烧毁的所谓"藏书万卷"的偏奇馆[2]中，可能是在他父亲禾原积攒的大批藏书中，也可能是在哪里淘得的善本《红楼梦》中……总之，如果这本《红楼梦》曾经在被烧毁的偏奇馆藏书目录中出现过，那就成了一件令人万分后悔的事情了。

前面在谈到荷风对于江户汉文学的重要性时，我简单地说过一

---

1　曝凉：日语词汇，指夏季或者秋季，择取干燥晴朗的天气，暴晒衣物、书类，以达到通风、杀虫之效果。

2　偏奇馆：日本著名作家永井荷风的住所——一栋木质结构的二层洋楼。荷风从大正九年（1920年）起在这里居住，昭和二十年（1945年）在东京大空袭中被烧毁。

句。但有许多人认为，江户汉文学实际上就是荷风与江户戏剧作家们之间的"联姻"。从这个意义上讲，荷风对成岛柳北的倾慕，就是一件极其自然的事情了。

江户汉文学最重要的成果，要数荷风的《下谷丛话》[1]。这是与鹫津毅堂有关的带着亲近感写成的一部史传文献。荷风写作这部史传作品，很可能是因为敬仰森鸥外的《涩江抽斋》[2]这部记载江户时代其他儒者的史传作品，而产生的写作意愿。荷风还在这部作品中记叙了以大沼枕山为核心的诗社的活动，显露出他广博的知识领域。《莘斋漫笔》与《下谷丛话》不同，是特意采用模仿江户漫笔的古典风格写作的，充分展现了荷风在江户汉文学方面的聪明才智。好比世人对馆柳湾[3]的评论千差万别，荷风若要想得到更高的评价，我想，那就必须处处表现出他的独创性。

---

1 《下谷丛话》：永井荷风的作品，是记载荷风的外祖父、著名汉学家鹫津毅堂以及周边人物的史传作品。

2 《涩江抽斋》：日本著名作家森鸥外所作。该书记叙的是一位生活在江户时代末期的真实人物。他是跟随在弘前藩主身边的医生，同时还是一位精通古籍、研究历史的考证学者。"三十七年如一瞬，学医传业薄才伸。荣枯穷达任天命，安乐换钱不患贫。"这是《涩江抽斋》的述志诗。

3 馆柳湾：宝历十二年至天保十五年（1762—1844 年），江户时代后期的日本汉诗人、书法家。

# 露伴翁与汉文学

幸田露伴[1]翁仙逝之后，世人都深深地表达悼念之情，并且都不约而同地评价他是"明治、大正、昭和三代道德学问兼备的大文豪"，令人难以忘怀。我每每看到、听到这些言过其实的溢美之词，心里就有一种说不出的悲哀。总觉得这些溢美之词是与他的长寿、学问、小说三者有关，而并不是严肃公正的评价，且缺乏深刻的反思。尤其是文星荟萃的日本国会所发布的悼词，亦是那样的空洞无物，就更令人感到失望。我就露伴翁学问的性质做了深入的思考。世间如此高度赞扬他的博闻强识——这种半生理性质的才能，倒是令人感叹，但仅此而已的学问功底，终究是让人难以信服的。说起露伴翁学问的底蕴，我以为是与汉文学——用现在的话说，就是中

---

1　幸田露伴：1867—1947 年，本名幸田成行，日本著名小说家，别号"蜗牛庵"，出生于日本江户（今东京都）。

国文学——密不可分的。如果一定要举例说明的话，我不得不惊叹于露伴翁那种近乎贪婪、旺盛至极的读书欲。当然，这只是我根据他作品的内容进行的推测，实际上他读书的范围可能更广，涉猎的作品也可能更多。就他所涉猎的汉文学作品来看，很难评定他为日本的汉文学界做出了怎样杰出的贡献。例如，虽说《露伴丛书》很早被就收入了博文馆 [1]，就元曲研究而言，不能不说是开创了那个时代中国文学的未垦领域。然而，要是仅就这一点来看，前有森槐南、宫崎来城、西村天囚，现在还有竹川临岚等，他们可都是在这方面做出过相当成就的人物啊。无论是收入《蜗牛庵夜谭》的有关《游仙窟》的论文，或者是收入《洗心录》的有关中国文学色彩斑斓的文章，都在告知读者，露伴翁读书涉猎的范围是多么的广阔。当然，这样的做法也未必就是最好的选择。作品通篇都是中国诗文，其中的《幽情记》（后来改为《幽秘记》）就是一个典型的例子。我们不在这里讨论措辞造句的问题，实际上他写得很通俗易懂。毋庸置疑，现在普通大众的中国文学兴趣素养较之过去普遍降低了，但从事中国文学研究的学者们的水平进步很快，可以说不能同日而语。若是与当初露伴翁仅仅解读数首元曲便赢得了世人称道的年代相比，诚如汉语所形容的那样，有了"隔世之感"。尤其是研究领域新概念的引入，将以前的"汉文学"，作为"中国文学"——一种外国文学，采用批评分析式的方法进行研究以来，研究的广度与深度都有了新的拓展。研究成果层出不穷，令许多中国学界的同行都叹服不已。

---

1　博文馆：东京都的出版社。2016 年起更名为博文馆株式会社博文馆新社。

尽管如此，在中国文学的研究方面，露伴翁也有遭人非议的地方。若是从这个角度来考虑的话，露伴翁无论是不完全地解读元曲，还是撰写通俗幽情的作品，都能够使他自由而舒畅地呼吸。他所渴望的成就感，也就这样不知不觉地得到了实现。

那么，这又到底是怎么一回事呢？诚然，现今的中国文学研究比以前确实有了很大的进步，但也有许多制约、许多无奈。譬如，要想研究中国文学，首先就得学习中国语，也就是要逐字逐句地反复练习训读[1]。再怎么外行的人，这个道理总是明白的。想读《西厢记》也好，想读《红楼梦》也好，必须有扎实的汉语基础，否则你要压抑着你的好奇心，花费太多时间和精力先去阅读注音和解释，如此你的阅读欲望会因此大减。而等你读懂了注音和解释，差不多可以满足自己的欲望大胆阅读的时候，往往把最重要的东西给忽略了。就像搞研究的人，捡了芝麻，丢了西瓜。

露伴翁大概从来就没有产生过把《水浒传》、《红楼梦》等小说以及元曲、《桃花扇》等戏曲中的中文看成是"外语"的意识，而是始终把它们作为汉文的一种在读。然而，《红楼梦》中那流畅的北京话，与《史记》中的文言文之间，有着多大的区别啊！

如此满不在乎、无所畏惧的精神，在现代人的身上恐怕早已遗失殆尽了。在如今研究中国文学的日本学者中，如果还有这种无所畏惧的劲头，一定会遭人白眼、受到中伤的。然而，每当我想到露伴翁以如此自由、豁达的态度对待汉文学，还遭人非议，就不禁会问：如今研究中国文学的方法，难道就都是很科学、很有效的吗？

---

1 训读：即在汉文上注训点，按照日语的文法读汉文。

我以为，汉文学的属性是多面的，它既属于大众，又属于文学研究者；它既是奔放的，又是内敛的……当然，我这样说，并不等于讲学者们在研究汉文学时，中国语言的学习就不重要了。总之，这是我对近些年来人们在阅读中国书籍方面过于强调"外国语意识"想说的一些话。

# 与谢野宽[1]先生的汉诗

晚年的与谢野宽先生一直在不停地写作汉诗。不用说，先生是著名的和歌诗人、日本文学专家，不过，他学问的精髓还是汉文学。或者是他特别喜欢跟我谈论汉文学话题的缘故吧，现在回想起与谢野先生当年特别喜欢与我聊的那些话题，都十分成熟，绝没有像"半瓶子醋晃荡"一样掺杂其他东西在其中。

先生的汉诗，常常是作为《明星》杂志的补白而被刊用的，所以，尚不为太多世人所知晓。尤其是到了晚年，这类为"补白"创作的作品就更多了。是因为人们对汉诗这类文学作品不太在乎，还是因为"全集"之类的出版得太多？但我还是觉得，先生的汉诗没有能够得到人们足够的重视，是一件十分遗憾的事情。我之所以如

---

1　与谢野宽：1873—1935 年，号铁干，日本浪漫主义诗歌"明星派"代表诗人。其妻与谢野晶子亦是著名诗人。

此爱惜宽先生的汉诗，不仅仅是因为我的爱好在此，更重要的是，我认为，研究先生的汉诗对于认识其本人来说是十分重要的。

先生最擅长的是五言古诗与五言律诗。他的古诗采用的是近乎乐府的那种叙事笔法，简直就是天马行空般如入无人之境。那么，这样的表达形式又具有什么样的意义呢？我们要是把这种古诗与短歌[1]相对照的话，便会受到启发。在先生众多的诗作里，叙事诗被称为"天下一品"，曾经得到过佐藤春夫[2]、折口信夫先生的高度评价，其地位不容置疑。先生叙事类古诗的优秀之处在于，从他的表现形式看，既体现了日本语与中国古汉语之间的差别，又恰到好处地体现出了它们之间的相互联系。

在古诗以外，宽先生还擅长作五言律诗。要是将其与他的短歌相对照，我们会发现其中之奥妙。不用说，律诗的核心在于句子的对仗是否精巧。汉诗中对仗句的美妙，不仅仅在于它的形式，更重要的是通过词句的对仗，渗透作者的感情，并根据这种渗透的深浅来体现其价值。说到底，中国古诗最精巧的技术，就在于对仗句的写作，这绝不是耸人听闻的说辞。因此，创作或欣赏中国古诗，若是忽略了对仗句，其修养就很难让人恭维了。

诚如折口先生所指出的那样，宽先生在日本短歌史上最重要的贡献，是开拓了前人未曾发现的新技巧，赋予了和歌新的生命力。

---

1　短歌：指日本和歌"五七五七七"的五句体形式。但是，短歌是古代的歌咏形式，明治以来，已经为近代短歌与现代短歌所取代。

2　佐藤春夫：1892—1964年，日本诗人、小说家、评论家，以艳美清朗的诗歌和倦怠忧郁的小说知名。活跃于大正、昭和时期，获得过日本文化勋章。

折口先生认为，就新技巧而言，自《万叶集》[1]之后，无出与谢野宽之右者。这个说法的确是很有见地的。先生因为喜欢而创作大量汉语律诗，其对仗之妙，令人心醉。由此，我们不得不考虑二者之间的一些关联。当然，日本的短歌是不讲究句式对仗的，或者说只是偶尔会用到对仗的句式，但肯定没有中国律诗要求那么严格。但就表现技巧而言，与谢野宽同时精通短歌与律诗，不能不让人想到它们之间的必然联系。

宽先生出于对短歌的深厚感情而锤炼出非凡的写作技巧，在他需要表达一种情感时，便能妙语连珠。这与他的苦吟是分不开的。与谢野宽是一位世间难得一见的以技巧见长的和歌专家，他对需要更高技巧的中国律诗有着同样的领悟，也是再自然不过的事情了。

相比较七言律诗，五言律诗的创作当然更见功底，具有"简劲苍古"的妙趣。先生的短歌，无论从哪个角度来看，给人留下的印象都是干脆利索的。那种没有丝毫累赘的表述，应该是与中国的五言律诗相通的吧。

在这里我有一个猜想，先生是位能够巧妙运用汉文学素养和技巧进行和歌创作的人，而像山上忆良[2]、大伴旅人[3]这样的"万叶人"[4]，

---

1 《万叶集》：日本最早的诗歌总集，收录自4世纪至8世纪中叶的长短和歌，多为奈良年间（710—794年）的作品。

2 山上忆良：660—733年，日本奈良时代初期的贵族，和歌诗人。

3 大伴旅人，665—731年，日本飞鸟时代至奈良时代的和歌诗人。

4 "万叶人"：日本著名诗人折口信夫创造的词汇，指日本从飞鸟时代后期至奈良时代前期在日本国土上出现的各色各样的人的总称。

以及之后的定家[1]那样的和歌诗人们，也都是具有非常深厚的汉文学素养的人。那么，他们在和歌创作上，又运用了多少汉文学的素养呢？无论是题材方面还是形式的创新方面，这些人的作品都没有任何新意。如何将一个抽象的灵魂变得有血有肉？我想，除了与谢野宽先生，大概也别无他人了。

先生不断创作汉诗，这个"副业"对于先生来说意义很大。我认为，他是通过汉诗的磨炼，不断提高自己短歌的创作水平的。就这一点而言，明治以来的文学家，如田山花袋[2]、夏目漱石[3]等，也频繁地创作汉诗，但他们的意图与先生当时已经不可同日而语。

花袋、漱石们作汉诗，只是为了乡愁之类的情绪，是一种业余的爱好，一种趣味式的作为。夏目漱石曾经说过，写小说把头脑写得庸俗了，就写首汉诗来冲撞一下。由此，我们可以察觉到他们作诗的态度，说明他们完全是把作诗当成了一种消遣娱乐的方式。

从这个意义上说，我十分期待与谢野宽汉诗集早日问世。可是，商业出版总也谈不妥。早知道这样的话，我们新诗社的成员就应该尽一点自己的义务了。

先生作诗之际，总是夸"三体诗"的编集做得好，最是叹服《唐贤三昧集》[4]的选诗态度。真后悔我当初用心不专，先生的许多教诲

---

1　定家：藤原定家，日本镰仓时代初期的和歌诗人。

2　田山花袋：1872—1930 年，日本著名小说家。

3　夏目漱石：1867—1916 年，日本著名小说家、评论家、英文学者。

4　《唐贤三昧集》：清初王士祯选编的一部唐人诗集。全书分三卷，主要取盛唐人诗，自王维起，至万齐融止。《唐贤三昧集译注》中的诗按作者归类，注释简明扼要，译文忠实于原意。

都被我当成了马耳东风。然而，只要我想起还留存在记忆里的先生的教诲，如此中肯之至，令我有背生芒刺之感。

　　就在先生作汉诗的过程中，我也曾经凭着自己年轻气盛，想出一些得意的句子。那是一个夏天的午后，我去先生富士见町[1]的家里看他。正巧与谢野晶子夫人[2]不在家，先生一个人在二楼的书房里写东西。当时，先生说他写了首五言诗，便把一首诗递给了我，并且告诉我说第二组的对仗句他不太满意，正在头疼呢。

　　全篇写的是什么，我现在已经忘记了。但还清楚地记得当时他苦吟的是与"遥青"相对应的那个词汇。我当下想到了"浮碧"这个词，告知先生后，大获赞赏，并立刻在诗稿中换上了这个词。虽然这已经是三十年之前的事情了，可现在回想起来，如同发生在昨天，令人浮想联翩。

---

1　富士见町：日本长野县中部的诹访郡的街名。
2　与谢野晶子：1878—1942 年，户籍名与谢野志，与谢野宽的夫人。日本著名的和歌诗人、作家、思想家。

# 中国文学与我

　　说起来，已经是 30 多年前的往事了。当时，我们刚刚结束大学预科的课程，眼看要升入本科读书了。那天在教室里，户川秋骨先生以商量的口吻与同学们聊天道：

　　"今后，你们打算选学哪国的文学呢？"

　　他还就英国文学发表了自己的看法。秋骨先生是英国文学的耆宿，他的话我一直都是牢记在心的。先生接着又说道：

　　"我以为，你们无论学习哪国的文学都不错，只是英国文学还是不要学的好。"

　　接着，先生又掰着手指道：

　　"第一，英国文学绝没有诸君所期待的那么有趣味。第二，英国文学的鉴赏也很难下结论。譬如，现在我们怎么来评价这部作品？就是一件很难的事情。"

说完，他指了指讲桌上即将要给我们开讲的史蒂文森[1]的《内陆航行》[2]。

课堂上的我们都感到有些奇怪：户川先生自己就是英语老师，为什么不仅没有赞扬英国文学，反而用贬低的口吻呢？课堂上一时出现了哄堂大笑的场面。可是，后来先生的一席话使我们恍然大悟。他说：

"英国文学的真谛哪里是你们这些人能够弄得懂的？对于你们这些什么也不懂只喜欢耍嘴皮子的人来说，就是不适合从事英国文学的研究工作。所以，我制止了你们。这样不就没事了？"

听到先生这样的解释，我心中产生了一种深深的挫败感。我们这群人真是什么都不懂，还在课堂上哄堂大笑，实在就是一帮荒唐至极的乌合之众。

后来，我有机会读到了秋骨先生的随笔文章。就这件事情，先生是这样写的："我是将英国文学视同老婆的，时常当着大伙儿说她一些坏话，就像是夫妻吵架吧。"的确，他是在我们刚开始探求英国文学到底是什么的时候，就断然制止了我们。我想，这是因为他对英国文学的爱，已经深入骨髓，才会说出这番肺腑之言。自那之后，30年来，我一直脚踩着教师与写文章这两只船，平静地过着日子。可最近仔细回想秋骨先生对待英国文学的态度，深感我们距离先生

---

1　史蒂文森：1850—1894年，英国伟大的小说家、冒险小说家、诗人，代表作品为长篇小说《金银岛》。

2　《内陆航行》：纪行文学作品，史蒂文森作于1879年。主要描写作者与朋友从安特卫谱前往蓬图瓦兹的过程。

的境界太远了。每每想起，心中就会涌出一种深深的愧疚与失望。

我从事中国文学，的确是缘分所致。可这"缘"到底是善缘呢，还是恶缘呢？目前还很难说得清楚。总之，就是因为缘分，这一点不容置疑。那是因为在我生活的年代，人们特别重视英、汉、数这三科，简直到了疯狂的地步。别的科目我不清楚，但我的身边的确有许多偏重汉学的人。他们在我还不怎么懂事的时候，就选了《幼学便览》、《诗韵含英》等书籍让我们诵读。后来又增加了棕色封面的后藤点本[1]、八尾版的《史记评林》[2]。如果是现在的孩子，可能会提出反对意见，可我那时不知是过于老实，还是窝囊的缘故，只会唯唯诺诺地唯命是从，就像摆弄五子棋似的学起了作诗、诵读等课程。这当然是苦不堪言的。在我的记忆中，那些日子差不多都是在无聊与困惑中度过的，因为没有丝毫的快乐可言。例如，教汉学的先生递给我一个像是记流水账的大本子，要求我把每次到课和离开的时间都记在上面。要是课程没有学完的话，是不让吃点心的……要是再说得玄乎点的话，就是在一个装了十层、二十层栅栏的笼子里，关着我这么个可怜的小动物，完全无目的、无意义地进行着古典的学习与训练。

如今的年轻人喜欢批评假冒的自由主义文化现象，可在大正初年，社会上到处都是这类新品陈列的橱窗。白秋[3]出版了用宝石装帧

---

1　后藤点本：日本江户中期，师从高松藩的儒者后藤芝山批注的"四书五经"，流传甚广。

2　《史记评林》：日本江户时代由八尾左卫门尉出版的书籍，史称"八尾版"，在当时影响很大。

3　白秋：北原白秋，20世纪初日本著名诗人。

的诗集，之后相关的翻译剧、创作剧轮番上演。所谓的"用宝石装帧的诗集"，指的是《怀念》，一共有红宝石、蓝宝石和钻石三种。我买的是最便宜的带红宝石的那种，也要五日元呢。就为了那五日元钱，我可是吃了不少的苦。我对这些东西比对汉文更加感兴趣，也不是没有道理的。

我开始观看新剧，是在小学的高年级至初中低年级阶段。具体说来，就是从文艺协会的末期直至该学会分裂，而后艺术剧场、近代戏剧协会等兴起的这个期间。所以，很遗憾，文艺协会初期，即自由剧场兴起的情况我并不知晓。不过，现在想起来，那也就是一些孩子玩的游戏罢。

前面所说到的剧团的演出，我大概都看了。其他如黑猫剧团、堡垒社以及星期六剧场等众多剧团所上演的剧目，我也几乎都看过。我就是这么抽空追着那些像候鸟般准时到来的喜歌剧团、旅日外国人——即票友戏等，贪婪地一个不落地看过来，简直就是忙得喘不过气来。近来，谈到翻译版权的问题，也是件很令人头痛的事情。谁谁已经死了30年了，已经死了50年了，出版行业的人心里好像都有一本账。而在我们的脑子里，像莫里斯·梅特林克[1]、安东·巴

---

1 莫里斯·梅特林克：1862—1949 年，比利时剧作家、诗人，1911年获诺贝尔文学奖，代表作《青鸟》《盲人》。

甫洛维奇·契诃夫[1]、格哈特·霍普特曼[2]、奥斯卡·王尔德[3]等人的戏剧作品，我们都是长记于心的，他们死了多少年又有什么关系呢？我们倒是应该研究当时他们的剧目在日本初演时，是否受到观众的追捧。记得当初王尔德的作品在日本演出时，《少奶奶的扇子》[4]远不如《莎乐美》[5]那么受到普通观众的欢迎。《莎乐美》四处上演，出演的人员也是林林总总，既有落魄的新闻记者，也有如魔术师松旭斋天胜[6]这样的名家。其中，天胜的魔术特别受观众追捧，细想起来，倒是一个值得思考的问题。

当时我身处这样的一种新的刺激之中，无论是在感官上，还是在感情上，对我都有很强的诱惑力。这就需要我认真地考虑如何对待古典诵读这件近乎痛苦的事情了：是妥协呢，还是重新调整呢？通过这样的思考，我自己觉得已经找到了摆脱的办法。

东方的古籍，自古以来就是在教授文字的同时，还承担着培养人文精神的使命，并且要求人们付诸实践。现在，我周围的这些汉学家就是要通过灌输东方古籍，期望不懂事理的孩子们变得懂事。

---

1　安东·巴甫洛维奇·契诃夫：1860—1904 年，俄国著名剧作家，世界级短篇小说巨匠。

2　格哈特·霍普特曼：1862—1946 年，德国剧作家、小说家、诗人，1912 年诺贝尔文学奖获得者。

3　奥斯卡·王尔德：1854—1900 年，爱尔兰作家、诗人、剧作家，英国唯美主义艺术运动的倡导者。

4　《少奶奶的扇子》：奥斯卡·王尔德作品，作于 1892 年，又名《温德密尔夫人的扇子》。

5　《莎乐美》：奥斯卡·王尔德作品，作于 1893 年，原著用法语写成。

6　松旭斋天胜：1886—1944 年，日本著名的女魔术师。

可通过古籍潜移默化的影响去修炼真的太痛苦、太令人厌倦了。然而，不需要理由地盲目服从长辈，这也算是晚辈应尽的义务吧。事到如今，忍耐痛苦的人们也就只好甘之如饴了，慢慢地，也就习以为常了。

我对以上情况作了深入的思考。像我这样的一个愚钝少年，虽说是生长在东京，却也经受不住"刺激"——那些新奇、有趣，便开始了勇敢的追求。我的这种做法在当时简直就是不知羞耻的举动，现在想起来，倒使自己有些无地自容。

那么，我是怎样不知不觉地受到古籍诵读的强烈影响的呢？诵读东方古籍，尤其是在少年时代，它所产生的巨大的渗透作用是普遍存在的。虽然其中具体内容记不得了，但它帮助人们形成了一个整体的观念。因此，相对于采用分析手法写作的欧洲文章来说，在一层层展开论述之前，首先提炼归纳，把握文章的整体内容，似乎更容易养成人们傲慢的人格。要是阅读一下汉文学最盛行的明治初年的翻译文章，就能清楚地知道这一点。读这些文章，我们更容易了解其中的要点。但那还绝谈不上是精致的翻译文章。这不见得就完全是翻译的问题，可能是某些乖僻生活态度的反映。如果换个说法，就是粗略的概念化的倾向，很容易把人们引向老成持重的方向。总之，这样做的结果就是使人们丧失年轻人的朝气。

我讲的年轻人的朝气，其实也无关紧要。重要的是，任何事物都应该按照规律去做，追求跳跃式的虚无境界，留下的也只能是无尽的空虚的遐想。东方古籍的渗透作用，可以说就是这种老成持重的催生剂。我的确是囫囵吞枣地接受了这样的老成持重，可当某种新潮流扑面而来的时候，便顾不得一个少年的羞耻心了——挺身而上，迎接新的事物，而丝毫不顾及自己的年龄与对新事物的理解程度。

　　长期不情不愿的学习古籍的态度，就这样与我的那颗沉湎于新事物的"刺激"的心碰撞在了一起。直到现在，我每当想起这件事，还始终觉得这是一个很大的讽刺呢。不过，这些书籍在不知不觉中提升了我的阅读能力，如《香奁集》、《板桥杂记》、《聊斋志异》、《子不语》等书籍，与我一直在读的古籍相比，虽说它们诱使我走上了"旁门左道"，但对它们更感到亲切。这对于一个血脉偾张的青年来说，深深地感受到那些书籍意境的明快，而一扫既往古籍的抑郁沉闷的气氛。更何况鸥外写了《鱼玄机》，芥川还写了《杜子春》呢，并且社会上也开始流行阿纳托尔·法郎士[1]的作品了。这些作品既十分令人愉悦，又很有趣味性。读过这些书籍后，我才有了心安的感觉，我开始坚信，我们学习汉语的人，也绝对不会越读书视野变得越狭窄。我当时的心态就像是一个年轻漂亮的女子，正巧看中了一套自己喜欢的衣服，却又觉得它有些过时了，正在犹豫是穿还是不穿。此时，回头看看别人，觉得她们穿着挺好的，简直就是无可挑剔，于是，我也就赶紧穿上了。要说没见识的话，恐怕没有比我更没见识的了。不过，这样的"没见识"当然是被允许的。也许真的有那么个年轻漂亮的女子，看到了自己中意的衣服，就因为它不时髦，而犹豫是穿还是不穿。当然，她与那些赶时髦的女人相比，或多或少还是有一些可取之处的。尽管微不足道，却也有些值得敬佩的地方。我说的都是些没有志气的话，不过，要是换句话说，也就

---

1　阿纳托尔·法郎士：1844—1924 年，原名蒂波·法朗索瓦，法国小说家，1921 年诺贝尔文学奖获得者。

是车到山前必有路，船到桥头自然直吧。

尝到了甜头的我，就越发不可收拾了，从《聊斋志异》、《子不语》扩展到了戏剧、小说、诗词等方面，涉猎范围之广，简直令人吃惊。

荷风常常感叹明末清初的诗人王次回作品的风格是如何类似于波德莱尔[1]，充满着忧伤与悔恨，王次回在诗情方面又是怎样与波德莱尔相通……这些都存在着许多疑问。不过，荷风这种理解在当时给予我的激励，即便是现在回忆起来，都能感觉到心田有一股暖流在涌动。要是没有这些因素使我鼓起坚持文学道路的勇气的话，我肯定就半途而废、不辨方向了。我现在依然执着于这条道路不肯回头，大概就是因为曾经年轻的我是那么的愚钝与单纯，是那么坦诚地深信人之善念。

我深切地感受到，中国的新文学与一直使我感到特别亲切的旧文学相比，是完全不同的东西。这种身临其境的感觉，是我通过学习汉语而了解到的。

没错，中国文学对于我来说是外国文学，可我在很长的一段时间内，只把中国"新文学"视为外国文学，而对于所谓的"旧文学"，却从来没有过外国文学的感觉。我说的是真话。最近，一批年轻人开始研究中国文学，他们好像把中国的新旧文学，一律称之为"外国文学"。可能是我愚钝的缘故，对此真的不敢苟同。说得夸张点，在很长的一段时间里，我由于自己不能改变这种看法而懊恼不已。

---

1　波德莱尔：1821—1867年，法国诗人，象征派诗歌之先驱，现代派之奠基者。

对于中国的新旧文学，不加区别地一律看作是外国文学，是近十多年来我认识的一个巨大转变。具体说来，也就是我有了在中国生活的经历之后的事情。

尽管如此，我要想达到秋骨先生那样坦荡的襟怀，还不知需要多少的时日。只要有学生提出想研究中国文学，我立刻便会喜形于色，滔滔不绝地谈起对于中国文学的种种感想。

要是让我也像秋骨先生说"英国文学没意思，你们不要学习它"那样去说"中国文学没意思，你们不要学它"，那得等到中国文学与我没有了"夫妻之情"之后了。人们都说，夫妻之间如果不吵架的话，就不是真夫妻。但说实话，中国文学对于我来说，还远远没有到达需要装腔作势来维护爱人关系那样的程度。

当我写下这篇短文，表达我对秋骨先生的追慕之情时，禁不住心潮起伏，潸然泪下。

# 品读《浮生六记》

18世纪处于"康乾盛世"时期的中国的文学作品，向读者展示了两个方面的非常有趣的主题。

一个是"妖怪文学"，它随着时代的潮流异军突起。诚如人们所知道的那样，诸如《聊斋志异》、《阅微草堂笔记》、《子不语》一类的作品，接连不断地出现在文人笔下。

尽管妖怪们的影子，自古以来就持续不断地晃悠在中国的文学作品中，但在短时期内如同繁花一般竞相争艳，还只有18世纪。其中缘由可以从很多方面去考察。例如，文字狱的兴起，在最大程度上击垮了文人学者们祈求自由的灵魂，转而去向妖怪世界寻求无限广阔的自由空间。不过，这些问题不在我们现在要讨论的范围内，我们现在迫切需要解决的是18世纪中国文学的另一个主题。

另一个主题就是抒情的自传体文学的兴起。如学者诗人洪亮吉的《外家纪闻》、吴振臣的《宁古塔纪略》等作品大量面世。其中，在这里最值得一提的是沈复[1]的《浮生六记》。我按捺住喜悦的心情，对抒情自传体文学作品作了冷静的回顾。抛开其中所有的虚饰成分，仅就他们真心诚意纵情讴歌人类最本色的情感而言，便能够使读者从中读到自身心目中延绵无际的爱恋之情。

由此可以得知，18世纪就是这样的一个时代：那些在妖怪的世界里寻找自由的文人学者们，同时又在编织抒情自传体文学之"巢穴"。他们躲在这个"巢穴"里珍惜着自己的羽毛，试图尽情讴歌自己所喜欢的一切。如此看来，妖怪文学与自传体文学，虽是两种性质截然不同的文学作品，但由于它们盛行于同一个时代，不免都会刻上那个时代的苦痛的印记。

所谓"时代的苦痛"，指的当然就是被剥夺了的自由。当这样的痛苦翱翔在幻想的天空时，便产生了妖怪文学；当人们忍受着这样的痛苦而落泪时，便产生了自传体文学。它们一则是发散式的"外攻"，一则是内敛式的"内攻"。

《浮生六记》既可以称得上是小说，也可以算是散文。尽管每一次阅读的用意和理解不一样，但每当读到它，都会使我想起永井荷风的《雨潇潇》。

荷风是否读过《浮生六记》，我不得而知。但如果他读过，那么，这一定是一本他爱不释卷的书。这是我的推测，也或许是我的偏见。

---

1　沈复：1763—1832年，字三白，号梅逸，长洲（今江苏苏州）人，清代杰出的文学家。

荷风喜欢读明末清初的诗人王彦泓的《疑雨集》[1]。这是一本诗集，并不是散文集。弥漫在《浮生六记》通篇之中的悲愁情绪，与《疑雨集》中的悲愁情绪相比较，还是有着很大区别的。

中国的文人若是提笔写小说的话，大致就如同《浮生六记》一样——既非小说的体裁，又非随笔的体裁。这可能就是他们能够达到的最好的形式了吧。如果采用的不是这种形式，那就只剩下写妖怪故事一条道了。

说到底，在他们看来，小说只是雕虫小技，是士大夫们所不屑一顾的。这样的传统观念，在他们的思想之中根深蒂固。不过，小说原本就是评书讲谈的记录稿，也难怪他们会产生这些想法了。

18 世纪中国文人的自传体文学作品，浸润着娴雅的伤感，温存着清丽的抒情。一脉悲愁伴随着独自暗垂的泪珠，引起读者无言的共鸣。从这个意义上讲，这些作品与约翰·穆勒[2]的《约翰·穆勒自传》、歌德[3]的《歌德自传：诗与真》、卢梭[4]的《忏悔录》和福泽谕吉[5]

---

1 《疑雨集》：明代后期著名的抒情诗人王彦泓的诗集之一，其中以描写男女情爱的艳体诗居多。作品语言流畅、感情真挚、香艳流芳，且大多与诗人的身世有关。

2 约翰·穆勒：1806—1873 年，英国著名哲学家、心理学家和经济学家。

3 歌德：1749—1832 年，出生于美因河畔法兰克福，德国著名思想家、作家、科学家，他是魏玛古典主义最著名的代表。

4 卢梭：1712—1778 年，法国 18 世纪伟大的启蒙思想家、哲学家、教育家、文学家，启蒙运动最卓越的代表人物之一。

5 福泽谕吉：1835—1901 年，日本近代著名的启蒙思想家，明治时期杰出的教育家，日本著名私立大学庆应义塾大学的创立者。

的《福翁自传》这些充满生机的自叙体传记文学相比较，确实存在着很大的差异。18世纪中国文人们的那种孤寂的心态，被许多文学史遗漏了。我突然想到了这一点，就如实记录在这里吧。

# 人工乐园的蔷薇
——乱世中中国人的心态

　　我原以为纳豆只有在早餐的时候才有卖，可最近我发现，无论是哪家腌菜店，都从早到晚在卖。这就是说，以前只有早餐才吃纳豆的习惯，不知不觉中已经完全改变了。不管是早餐还是晚餐，只要想吃就都能吃到。人们普遍认为纳豆的味道最能引起早餐的食欲，所以就默认纳豆是早餐的专利。听了这样的说法，如今的年轻人一定认为不可思议，他们会反问道：为什么？能为什么呢？在当今的世界上，我的想法肯定站不住脚。说来惭愧，最近，我每每去腌菜店，看到从早到晚都有纳豆卖，却还坚持认为纳豆只能是早餐吃的食物，必然会遭到年轻人体无完肤的批驳。可以说，事到如今，还坚持这样的想法，真是愚笨到家了。如此这般，我可谓是理屈词穷。而我身上类似的事情还有很多，似乎是为了证实我愚笨的程度。近来，就中国人心情方面，我想到了一件不得不深入思考的事情。

就让我们从日常琐事说起吧。怎样看待在描写那些日常琐事的时候，中国人也要用一些感情色彩强烈的词汇？如果文学作品遣词造句的感情色彩很强烈，我们翻译成日语时，可以不做淡化处理吗？感情色彩强烈的词语及其文学作品究竟是以什么样的生活为依据，支撑它的基础又是什么？这就留下了一连串的难题。

在人们耳熟能详的陶渊明的《归去来兮辞》中，有一句"抚孤松而盘桓"。我想，在陶渊明住的村庄上，应该有一棵很远就能看到的松树吧。可是，他回到村庄的那一天，真的是站在松树下，举首凝望树梢，用手抚摸着松树而慨叹岁月的艰难吗？这是一个很大的疑问。长途旅行归来的陶渊明，估计不会演这么蹩脚的戏。他应该会写一些散文，或者打听一些他不在家时发生的事情，或者查看一下房屋的破损情况。可是，这些细节全被省略了。总之，他就围着一棵松树摸来摸去，并且，也把那些爱读《归去来兮辞》的读者们的注意力集中到抚摸一棵松树上。从作品中我们可以看到，离开许久回到家乡的陶渊明，首先看到的是一棵松树，并且这棵松树引发了他怀念家乡的情绪。这或者是在用文学的形式，来表现主人翁当时的情绪。而这种所谓的文学表现形式，也就是"抚摸"了。你要是不好好"抚摸"的话，别后多日对一棵松树的怀念之情仿佛就无以表达。所以，造作就造在这个"抚"字上。这与实际情形相比，在表达的程度方面确实有言过其实的地方。

然而，至今我们对中国文学的看法，不还是只限于围着棵松树转圈抚摸，从而使得自己的心情愉快起来这一点上吗？如果你坚信那种表达是真实的，就算稍感它有不真实及玄虚的成分，我们也没有理由断言这种表现就是虚假的。对于这一点，中国人本身也已经注意到了。在现代文学革命的标语当中，不是也在刻意规避那些虚饰的辞藻吗？是的，很多时候，中国人明知道是玄虚的，却还是习惯性地墨守这些陈规。虽然，日本人在读到"白发三千丈"这样的诗句时，会忍不住哈哈大笑，但在有些情况下却并不认为是"玄虚"，而被那些很动人的描写蒙蔽，最后信以为真，误以为那就是中国文学的"真滋味"了。（毋庸讳言，我也是那些"蠢货"之中的一员）不可否认，因为它具有像鸦片那样的迷幻魅力。

当年，芥川龙之介游历中国，他在游记中惊叹道：我访问过一位以清贫而闻名于世的文人，十分惊叹于他极其快乐的生活状态。与其说这是清贫，倒不如说是令人羡慕。即便芥川没有察觉到这是一种"玄虚"，也清楚地表明了他辨明是非的能力。这就是"耳闻"与"亲见"之间的巨大差异。

这里值得我们深思的一个问题是，自古以来饱受社会动荡、战乱与天灾苦难的中国人，他们在文学中是怎样描述自己的生活的呢？"玄虚"与动荡的生活之间是不是就没有关联呢？如果有关联的话，又是什么样的关系呢？用一个"抚"字来表达对一棵松树的眷恋，也许并不能对陶渊明思想的价值做出判断，但这种不可否认的精神上的飞跃，又是与持续的战乱密切相连的。这又是怎么回事呢？要想理清这些头绪，可能要比说清楚初夏的纳凉晚会与演员的关系、勤工俭学的男女学生之间的恋爱关系更为复杂。然而，就凭着我这颗突发奇想的脑袋，我断定它们之间是存在着很密切的联系的。

在中国古代南北朝刘宋时期，有个叫谢灵运的贵公子诗人。他时常夸耀自己富有，以金谷园的聚会而名传千古。人们都说他钟情于大自然，诗歌之中隐藏着山川气象。如今，要是再读他的诗篇，就会发现他的那些所谓"山川气象",不过是他猫在屋子里,趴在桌子上,无病呻吟地臆造出来的。至多也不过就是他望着外边漂亮的园林,想象着大自然的景观,而玩弄的文字游戏罢了。他是"沙龙"的东道主,与他身边的那些气味相投者唱和,陶醉在"沙龙文学"美妙的芳香之中。且说,世上总算还有像宋文帝这样聪明的皇帝。在与北魏的作战中遭到惨败,看多了盗贼横行和山河破败;同时,王室之内也是纷争不断——长子死于非命,一帮形迹可疑的巫师来来往往,导致宫廷之中淫靡之风盛行……在一片风雨飘摇之中,谢家人的所谓"文学",就是以金谷园为中心,开创了风靡一时的"人工乐园",沉迷于臆想中的"世外桃源"。诚然,谢灵运登临北固山、游览永嘉郡的南亭是不争的事实,但与之有关的文学作品,所描写的都是桃红柳绿、密林远山,与他的所谓"山川气象"相去甚远。相反,令我们目眩的倒是那些宝石般闪光的花样文章。

通俗地讲,在这样的乱世,写出这样的文学作品,在中国历史上是司空见惯的。如果说,谢家人打造的是纯粹的"沙龙"文学,其文学作品是一个极端的例子,由于它给人们展示了闪光的一面的话,那在其他地方,这类例子也并不鲜见。与之相反的还有道家风格的倡导"虚无"的文学作品,出自如"竹林七贤"以及陶渊明这类人。不过,要是做进一步深入的研究的话,这二者也只是出发点不同而已,不能说他们是完全不同的性质。谢灵运也好,谢惠运也好,他们都畅游在文学的"人工乐园"里,而阮籍、陶渊明他们的灵魂,又何尝不是翱翔在文学的乐土之上?因此,我们要是想从他们的作品中读到与现实一致的东西的话,实在是不太可能。事实上,我的依据也并不只是"抚摸"松树与没有"抚摸"这么一个简单的用词，从深层次来看，还涉及作品的内容和文学思想等问题。在这样的情况下，我们会像分析遣词造句一样，对文学作品的内容、思想性等方面作有所保留的思考，或者，对于其真实性或多或少持有质疑的态度。就如同买东西一样，对方出价 100 日元，我们就要想它是不是只值 50、60 日元呢？这样一种明察秋毫的习惯，对于我们识破对方的糊弄是大有好处的。

到过中国的人都知道，即便是再俗的人居住的屋子，门口挂着的对联读上去也如同住着仙风道骨的高士一般。即便怎样污秽的陋室，门楣上镶嵌的匾额也会使你觉得这里总是四季鲜花盛开般雅致。你会因为这样的氛围而感到非常愉悦——这种情景并非罕见。可以说，这就是中国文学实情的真实写照。我们在遇到这样的"实情"时，可能会由于这种"真"得过于特殊而产生愉悦之情。可人家已经历经了数百上千年，已经习以为常了，所以，再也感觉不到这种"愉悦"的新鲜与刺激了。社会的动荡、世道的险恶、政治的堕落……种种灾祸的接踵而至，不知不觉就教会了他们这种以"玄虚"为乐的游戏心态。说得更具体点，他们制造这些"玄虚"，既享受骗人的乐趣，也享受被骗的乐趣。它们相辅相成，形成了历朝历代中国文学的意象。如果要再往深里说的话，在这个世界上，还没有见到过像中国文学这么甜美的"人工乐园"。你要是不加分别地全盘接受，亦为之喜、亦为之忧的话，那么，你就是这个世上最大的傻瓜。

自古以来，中国的炼丹术秘籍，总是诱惑人们进入梦幻的世界。在文学作品中，也能隐约见到这种诱惑的影子。无论是王维还是李白，他们诗情的底蕴，总能让你感觉到随处飘荡着乡愁。这也可以说是他们在漫长的乱世之中产生的悲伤的情绪。

杜子美却是一个拒绝被"蔷薇"装饰的人，他敢于直面乱世。从这个意义上讲，他展示给人们的是非常难得的独特的形象。他既使人们感到新奇，又使人们感受到一种勇敢力量的存在。就这一点而言，我很喜欢体味杜诗的新鲜感。再看面容与他相似的白居易，可以看成是他的一个追随者。白居易一方面模仿杜子美，一方面又为"玄虚"的魅力所诱惑，不自觉地屈从于"蔷薇"。在京本通俗小说中有一个短篇，题目叫作"拗相公"[1]，说的是王安石推行新政失败后回乡，百姓对他怨声载道，在归乡途中发生了一系列奇异故事。这篇小说是中国古代文学作品中很少见到的政治小说，不管其价值怎样，也算是对乱世惨象的直率倾诉，是对王安石政治的批判。并且，从这篇小说中，我们没有看到逃避现实，也没有看到悠游幻境的甜蜜。我想，这大概是王安石新政的受害者所作。至于这篇小说的艺术成就，另当别论。仅就这篇小说作者的态度而言，不得不说是对传统的一种突破，能给人一种新鲜的感觉。

我长年与中国文学作品打交道，别人早就了解的东西，而我却直到现在才有了一点感受。这就如同认识到早中晚餐都可以吃纳豆一样，使得我的愚笨广为人知。不过，类似我这样的愚笨留存世间，也不失之为一种"可爱"吧。

---

1　"拗相公"：宋时人们对王安石的戏称。因为王安石极为固执，不允许任何人反对他，一心想把他的政策实施到底。由于变法期间出现了用人不当、天灾人祸等问题，给人民带来了很大的灾难，很多人因此深恨王安石，也称呼家里的猪为"拗相公"。

# 北平时代的洪北江

　　在北平街头溜达时，最使我感到亲切的，要数这个城市的面目——五十年之前，甚至一百年之前，都与如今一样，没有发生什么大的变化。如此，悠然的感觉便极其自然地在我的心间流淌开来。尽管过去那种潺潺的流水与茂密的柳荫融为一体的美丽景色，早已被索然无趣的暗渠替代，古时贵族们的住宅也都被拆除殆尽，取而代之的是那些大煞风景的政府办公楼房。虽说这样的变化随处可见，但我并没有因为这个城市的典雅氛围遭到破坏而充满悲怨的情绪。我的思绪越过这些年来的所有变迁，将这北京的面目放在乾隆年间、嘉庆年间去考虑，就显得更加自由，就愈加感受到这个城市的亲切。乾嘉年间的诗人洪北江，曾经在这座都城居住过。他的诗与生活，曾经与吹过北平上空的清风，与月明之夜蟾宫的清辉，与一年四季花儿的艳丽和芳香……一起为这座古城带来过美丽与祥和。每每想到这些，我便会循着古都"文学地图"的路径，徘徊在打磨厂、琉璃厂的街巷坊里。

洪北江[1]第一次踏上北平的土地，是在乾隆四十四年（1779年），那年他三十四岁，寓居在他的诗友黄景仁处。当时，黄景仁居住在城南法源寺[2]的西斋，一边养病，一边精修诗词。法源寺位于广安门大街南侧、门楼胡同之南，是一座规模很大的寺院。丁香花盛开的季节，那里花海氤氲，清香弥漫，是一处特别清幽之地。沿着土墙漫步至中门僻静的小径，几曲回转，不禁令人想起奈良法隆寺附近的温婉的风景。根据年谱记载，洪北江只在法源寺住了很短的时间，很快就离开黄宅，搬到孙溶家居住了。由于孙溶是《四库全书》[3]的总校，寄居的洪北江得以助理此事，经济上也有了着落。孙宅位于前门外的打磨厂[4]。打磨厂从前门一直延续到崇文门，是一条特别长

1　洪北江：1746—1809年，名洪亮吉，"北江"是其号，阳湖（今江苏常州）人，清代经学家、文学家。著有《洪北江全集》共二百二十二卷，收有年谱、文章、诗词、日记和《春秋左传诂》等专著及历史地理方面的著作。

2　法源寺：位于北京宣武门外教子胡同南端东侧，它不仅是北京城内历史悠久的古刹，如今也是中国佛学院、中国佛教图书文物馆所在地。1983年，法源寺被国务院确定为汉族地区佛教全国重点寺院。

3　《四库全书》：在乾隆皇帝的主持下，由纪晓岚等360多位高官、学者编撰，3800多人抄写，费时十三年编成。丛书分经、史、子、集四部，故名"四库"。共有3500多种书，7.9万卷，3.6万册，约8亿字，基本上囊括了中国古代所有图书，故称"全书"。

4　打磨厂：位于前门与崇文门之间，是北京最长的一条胡同。以中间的新革路为界，以东为东打磨厂，以西为西打磨厂。明朝初年，从房山县来的一帮石匠为皇宫贵府打制石料、研磨石器，也为普通人打制磨面的石磨和磨刀枪的磨刀石，因此得名"打磨厂"。

的胡同。要是在正阳桥左拐东行，在路南边能看到不计其数的刀具店、旅店，令人十分惊奇。街道虽说难免有些弯曲，但总的来说还是一条东西向的直溜溜的大街。要是在崇文门外右拐西行，路过的街道要安静许多。也就是说，这条道要从崇文门外开始走的话，越走就越热闹；要是从前门外开始走的话，就越走越安静。在路的北边，有一家挂着"二酉堂"店招的书肆，可出售的书籍却是一些粗鄙的习字手册或唱本之类，完全不是往昔名声显赫的琉璃厂"二酉堂"的景象。这一带是古朴而清净的住宅区，环境很优雅。洪北江寄居的孙宅到底位于打磨厂的哪一边，我不太清楚。想来大概不会是靠近刀具店、旅店这条嘈杂的街道，可能是在二酉堂附近的清净之地吧。大概自乾嘉年间以来，正阳门一带是比较热闹的，再往远处去就都是僻静之地了。

在孙宅，洪北江的营生正可以用"勤勉努力"一词来形容。他从孙溶处得到的报酬是每年二百金，但他要从中拿出一百金，供作同是从家乡来京的二弟的生活费，剩下的一百金寄回老家。所以，他自己的生活可以说是窘困至极。尤其是在他二弟不幸染上了咳血的毛病之后，洪北江甚至都到了典当衣物帮助他治病的地步。恰在那时，乾隆皇帝南巡后，要求诸臣进贡赋词。他曾经为尚书梁国治作过颂赋十八章，众口交赞，因此，找他代写的人很多。从二月至七月，短短的几个月时间，竟达五六十篇之多，取得稿酬四百余两。这样，不仅二弟有了足够的治疗费用，就连陈年旧债也都偿还上了。他每天还要勘校八册文稿，加注数十条精确的考证。精力之旺盛，真是令人敬佩至极。

寄居在孙宅的洪北江的生活，我们可以通过他的《卷施阁集》

卷一、卷二中的一些篇章略知一二。在这期间，他经常心情愉悦地前往城南的天桥痛饮。现在的天桥可谓是尘埃纷乱、盗贼成群，而在当时，可是个清流悠长、悠然举杯的风雅之地。"清郊三里月，红烛一杯春"，"出门不逐万古愁，聊上高阁开吟眸"，这些诗句便是绝好的见证。更有"坛云入窗暗，山鸟上楼驯"、"咫尺郊坛外，春云总似龙"、"城门楼上春阳满，一鸟啭春声缓缓"等诗句，记录了天坛森林的野鸟，常常会光顾酒楼的窗口，而投射在永定门上的春光幽影，伴随着轻云浮动……谁能说那酒的滋味不是最纯最香的？然而，他的诗友黄生此时病情却越来越重。他前往法源寺探望诗友，"故人抱病居西斋，瘦影亭亭日三至。一丛两丛各称心，前年去年看至今。今年花盛病亦盛，转恐病久花难寻"，诗句之中满是怅然无助的情绪。法源寺周边的花卉，现在以丁香花著称，那时却是以海棠花为最美。这是从北江的诗中了解到的。他借对这些花的讴歌，表达了自己对事物变迁的盎然兴趣。他去法源寺探望黄景仁，黄的西斋到底在哪里，我们也只好主观臆断了。因为，花儿在变，人儿也在变。这样的感慨，实际上是蕴蓄着一腔哀愁在胸中的。

他第一次滞留在孙府的时间大约是二十三个月。此期间，孙家从打磨厂搬到了与之相邻的南边的小巷——贾家胡同。洪北江也是一起搬过来的。所以说，他与孙府可谓很有缘分。这么长的时间，使得江苏阳湖（今江苏常州金坛）出生的他，口音也有了一些变化，大概是已经逐渐地熟悉了北京口音的缘故。不过，听他说话的发音和节奏，"京油子"们还是会送给他个"南蛮子"的绰号。

他是一个地道的"南蛮子"，并且是个身处北平的"南蛮子"。最令我感动和印象深刻的地方是，他这个南方人，无论起居坐卧，都怀着思念故乡、思念故人的痴情。诵读北江的《梦入外家南楼觉后有感，寄内弟阿鬼、阿愚四首》，感觉他就是一个对亲人、对家乡过度思念的诗人。

乾隆四十六年（1781年）四月，洪北江结束了第一次在北京的生活去了西安。他在与不是亲兄弟却胜似亲兄弟的黄景仁道别时，让人感到心酸不已。我们读一读他的离别的诗句，对于他的悲痛如有切肤之感，真是不忍卒读。第二年春天，黄生前往西安看望江北，借居开元寺，度过了三个月的时光。第二年，即是乾隆四十八年五月，黄景仁旧疾复发，自觉不能长久，便拖着病体离开北京，翻过太行山，西出雁门关，来到安邑后，不幸亡故。洪北江从西安飞驰前往安邑，日夜兼程四昼夜。他将后事委托给了北江。他的遗物很少，遗书之外，仅有名片数张、帽子一顶。可以说是死于病贫寂寥之中。北江在临水的地方为老朋友筑了一丘低矮的土塜，种上了黄景仁喜欢的竹子。此时此刻，长歌当哭的洪北江，心中除了悼念亡友的哀恸之外，一片茫然。同年，他登临黄鹤楼，没想到在楼壁上看到了黄景仁的笔迹。再举目遥望太白楼，追忆当年曾与顾文子、黄景仁二位亡友同游的情景，不禁放声痛哭起来。哭毕，提笔写下"偕游少年尽客死"，仅此一语，道尽了心中的万般苦楚。

他往后几次的北京生活都是短暂的。那是应礼部的会试而进京，最终都不幸落榜。第二次是在乾隆四十九年二月至四月，借居在泡子河观音寺的缪汝和家。第三次是乾隆五十二年正月至五月，第四次是乾隆五十四年二月至五月，都是借居在他最亲密的诗友孙星衍家。不过，五十二年那次，孙星衍是居住在宣外绳匠胡同；而五十四年那次，孙家已经搬迁到了琉璃厂。绳匠胡同位于广安门大街的南边，现在更名为丞相胡同。那是一条南北向的小巷，琉璃厂在它的东北方向，与它隔了一条广安门大街。从菜市口往南拐，一踏进丞相胡同，贩卖货物的店铺立刻就消失了，取而代之的是鳞次栉比的安静的住宅。这一带差不多都是中州新馆、太平会馆的地界，会馆的大门一家挨着一家。走到胡同的中段，街面忽然变得开阔起来。大槐树的浓荫严实地遮蔽了天空，小贩们常常把卖货车停在树荫下，他们在这里贩卖一些北京传统的吃食和饮品。往西是与之平行的北半截、南半截胡同，有小巷穿过将其相连。琉璃厂距离这里不到十分钟的路程，东西方向则是比较开阔的地带。我猜想，孙星衍大概就是住在这附近吧。虽说住在这样的地方可能有些不方便，但从现在这里书肆林立的情况看，巨大的遮阳棚遮挡住了太阳强烈的光线，慢悠悠地行走在街头，说不准还能偶遇什么风雅之人呢。我想，乾隆年间，孙星衍、洪北江这些人的身影，不就经常出现在这条寂静的大街上吗？

　　他第五次进京，是在乾隆五十五年（1790年）二月末，一直待到五十七年的九月份，在北京生活了整整三十九个月。这是洪北江一生中日子最富足的时期。当时，他的二弟居住在崇文门外三条胡同，北江便与他一起住。三月份，礼部的会试结果发布，他被录为一甲第二名，成绩相当喜人。他常年孜孜不倦的苦读最终修得了正果。那年洪北江四十五岁，被授予翰林院编修，任国史馆纂修官之职。

　　他二弟的家位于崇文门外的三条胡同。出了崇文门往南走大约几十步路，在第三条巷子往左拐，然后沿着长长的东西方向的大街一直走就到了。走过附近热闹非凡的花卉市场，在不远处的胡同里，竟有这样一处僻静之所。这对于读书人来说，既可置清贫安乐的书斋，亦可当隐居修炼的幽境。

那年秋天，他与二弟一起，搬迁到了三里河清华街的一处住房。沿着崇文门大街往南，然后左拐，清华街就在与有名的药王庙内街相连的胡同里。这处住处原是给事查莹的旧宅，竹木繁盛，很适合雅士居住。如果除去他晚年住在八角琉璃井的那段时间，他在北京居住得最久的地方应数此处。不难猜想，他是真心地喜欢这个地方。院子的一角，耸立着太湖石堆成的假山，一株紫藤蜿蜒着攀爬到了假山的顶端。随风摇曳的藤蔓，严实地覆盖着山石。紫藤花穗浅浅的紫色，映在诗人的眼里，便如同温婉的季语，清丽而可人。南面的房前，是一棵梧桐树。每每夏日，高大的树影总是伸展得很长很长。屋后的背阴处，两棵老槐树也是绿荫森森，送来习习的凉风。他居住在此，勤奋地笔耕着《卷施阁集》，将诗酒作了密友。

这年春天，因他偶尔进京的外甥汪楷即将回归乡里江苏阳湖县，他思乡心切，便给乡里故人卢文弨、钱维乔、赵襄玉、蒋馨四人，还有弟弟厚吉及其长子饴孙寄送了五篇诗稿。五篇诗稿的首句都是"里中谁最忆"。其中寄给外婆的那首这样写道："里中谁最忆，最忆杏花楼。杏花尽枯萎，种杏人已休。一株花未见，花下石空留。"种花的人早已不在了，只有画像挂在楼上。这里原本是外婆起居的房间，如今成了孩子们玩耍的空间。就是这样的一首诗，充满了他殷切的思乡之情。所谓"杏花楼"，是他的外婆龚氏早年居住的地方，北江幼年时期亦是在这里度过。故乡的美好回忆打开了身处燕地的洪北江的记忆闸门，灵魂中温柔的思乡之情一触即发，滚滚而来。洪北江以"望乡诗人"闻名于世，若是要列举他的代表作，我会毫不犹豫地推荐他当年所作的《南楼忆旧四十首》。自古以来，中国的"望乡诗"到底有多少，如夜空里的星星，实在是难以计数，可我想，他的这组《南楼忆旧四十首》肯定在其中。这四十首诗，以及它的附录、注释，详尽描述了洪北江的幼年时代，描述了他当时的家族，描述了他故里的风光。

洪北江七岁时，父亲午峰就去世了。母亲带着北江姐弟，回到了蒋氏娘家。当时的蒋氏生活也很清贫，但耕读之家，总还是很敬重学问的。蒋家的南楼，是外婆龚氏居住的地方。龚氏将这孤儿寡母安置在南楼西侧的一间屋子里。南楼的旁边长着高大的杏树，杏花开时，艳丽无比。这些杏花的幻象，常常开放在晚年洪北江诗魂的一隅，促成他写出许多杏花的佳句。所以，他总是喜欢将南楼称为"杏花楼"。

外婆靠着几亩薄地和舅舅素园先生的补贴，勉强度日。所以，自从来了蒋家，姐姐们天天干活，就连跑到楼房外面玩耍的时间都没有，唯有北江进了私塾读书。夜晚，他总是在母亲的纺车旁夜读。舅舅素园先生的妻子杨氏常年住在娘家，只有到了年末的时候，才回到这边住上一阵。蒋家大门的西边，曾经有一眼水质清洌的水井。据说，自从他们母子回来后，这眼井就断了水。在南楼西侧的院子里，盛开着各种各样的鲜花。他每天在此与表兄妹寅谷、定安他们玩耍。里面东侧的房子是舅舅秀君住的，屋前遍植绿篱与皂荚树，枝繁叶茂，十分宜人。有条小径通往东厢房，道边一连开了三四个门，居住着家里的一些亲戚，所以，平时是不让孩子们去那边玩的。南楼里侧的空地用来做晒场，家里平时洗涤的衣物就都晾晒在那里。对面，在粉红色的土墙周围，总有一群蝴蝶在翩翩起舞。

来客人时，便是孩子们最惶恐的时刻。每逢此时，母亲总是要把他们赶进房间，还要在门外加上门锁，绝不允许他们出去玩。

南楼外的河边上，还有几处小房屋。其中，有一处房子里住着乳母王妈的男人阿倪。阿倪是个做米糕的好手，每天做的糕点都供不应求。

最开心的回忆还要数这条街上的各种活动。相传，隋朝司徒陈杲仁发明了一种叫作"云车"的祭祀工具。每逢司徒的生日、祭日，这云车便会沿着街道来回巡游。车队由十六台车组成，声势浩大，十分壮观。春天来临之际，南楼前会聚集一些杂耍艺人，表演各种拿手好戏，例如妙趣横生的扭秧歌、七八个人合演的"台阁戏"，等等，不光是孩子们爱看，就连大人们也都聚集拢来观看。元宵之夜，街上会点一种叫作"满地皎"的龙灯。这时，有机会吃上王妈男人制作的糕点，正是孩子们最欢欣雀跃的向往。在舅舅素园家，有个口齿伶俐的浙江婢女小丁，听说是素园先生从江西领回来的，特别会照顾孩子。春天来了，小丁带着孩子们一边玩儿，嘴里一边唱着"菜花三月已单衫"的童谣，不知疲倦。晚春至初夏之际，这里特别盛行龙舟竞赛。金龙、小金龙，青龙、小青龙，白龙、五色龙，每年都是这六只龙舟争霸。中秋月圆之夜，年幼的北江总是与表兄弟、表姊妹们一起熬通宵。第二天虽然十分疲倦，但那种晕乎乎的高兴劲儿，心里别提有多美了。过年时，他们喜滋滋地等着从长辈手中拿到"压岁钱"。每逢此时，年幼的洪北江就特别忙。左邻右舍都知道他的字写得好，便请他帮忙写春联。于是，他埋头泼墨挥毫，写到他累得满脸通红。他特别注意运笔的姿势，用很大的力气写了一副又一副春联，得到大伙儿的赏识……如此回味无穷的南楼生活的时光，恰如缤纷的杏花花瓣，飘在身处燕地的洪北江的脑海中，常常使他通宵达旦，夜不成寐。自从乾隆二十二年三十日外婆去世之后，南楼的杏花就开始黯然失色。那些一直盛开在洪北江心灵深处的杏花，就这样总是带着几分湿润、几分甜蜜、几分忧愁……

国史馆[1]纂修官这种显赫的头衔，也未必总是能给洪北江的生计带来好运。三月二十五日，微恙初愈后，他怀着久别重逢的心情前往法源寺赏花，并作了一首诗，曰：

> 韶光剩几时，
> 病余懒花枝。
> 欲商典春衫，
> 微寒飙雨丝。

由于借债，他屡屡前往广渠门附近的熟人家里，隐身躲避债权人的追讨。

在这期间，有一位旗人与他诗简往来频繁，名叫法式善[2]。法式善住在城北什刹后海的水流分叉之处——杨柳湾的存素堂。沿着什刹后海的南河沿一直往西走，能走到一座叫作李广桥的小石桥，这座桥周围就是杨柳湾，如今还是枝繁叶茂、绿柳成荫，仿佛是在告诉人们这里没有枉担杨柳湾的虚名。站在桥上向北边望去，后海的

1 　国史馆：清代负责纂修本朝历史的专门机构。
2 　法式善：1752—1813 年，字开文，清代官吏、文学家。乾隆四十五年进士，授检讨，官至侍读。乾隆帝盛赞其才，赐名"法式善"，满语为"奋勉有为"之意。曾参与编纂武英殿分校《四库全书》。

水耀动着明媚的波光，远处醇王府的彩色瓦当在阳光下粲然生辉。洪北江从很远的城南寓所赶往城北的存素堂，与以法式善为首的包括许兆桂、张道渥、李銮宜、何道生、吴方南等名士会面。池塘里荷花的清香，令人有一种凉意顿生之感。在这里，诗酒乐聚的雅集很频繁。法式善的书斋中悬挂着翁方纲[1]题写的匾额《诗境》。这不是法式善一人的诗境，而是聚集在这里的众多诗友的诗境，大家在这里度过清雅的时光。在洪北江的诗中，我们能够读到这样的句子："开门凝望，十里荷花潭"，或者"青槐影里，昼长哪知更鼓"。这些景象，是杨柳湾真实的写照，自古至今没有变化。可是，往昔的存素堂址应该在马灵官庙后那一带。当时值得怀念的遗物，如今已无处可寻。尤其是与存素堂相连的羊房胡同也已荒废，真令人心酸不已。当年敕赐的寺庙，现今也只剩下极少数石雕的门楼，隐约记载着往昔的风华。剥落颓废的土墙的缝隙之间，残阳夕照下绿草芊芊，如同辽阔的草原。

在法式善的劝诱之下，洪北江终于肯走出大门，来到与后海相连的积水潭泛舟，或者攀爬汇通寺的山冈，从北边南望烟波连绵的水景。汇通寺已经靠近北城的城墙了，至今依然行人寥寥，是一处富于闲适趣味的场所。这所寺院是乾隆帝敕封的，在当时来说，算是城北一处新的名胜之地。也可以出西直门，远远地欣赏极乐寺[2]的

---

1　翁方纲：1733—1818 年，字正三，号覃溪，晚号苏斋，北京人，清代著名书法家。

2　极乐寺：位于北京海淀区东升乡五塔寺东约 500 米处，临高梁河。一说为元代至元年间所建，另说为明代成化年间所建。寺坐北朝南，原分三路，中路有山门、前殿、正殿及东西配殿。

荷花。那时，新修的水田因缺水，使得极乐寺美中不足。但寺门南面的荷田中，芙蓉出水，碧荷临风，清香扑鼻，处处都是美不胜收的旖旎风光。再望远处，乳燕交错，白鹭点点，花红深深……

新秋的凉意已经微微地展露出来，人们可谓体有所感、心有所动。存素堂的诗境便这样扩散开来。洪北江在《法学士式善山寺说诗图》上写过一首题画诗，主要内容大概是根据《极乐寺吟行》来构思的。其中一节是这样写的：

> 茅屋十数间，
>
> 青松百余树。
>
> 昔日说法场，
>
> 今朝谈诗处。

说法仅仅关乎生死缘了之事，而谈诗却有不朽之功绩。这都是他的肺腑之言，并无虚夸的成分。

《南楼忆旧诗》写作的那年，正值诗人思乡情感饱满。在这里，我们再来重温一下他的《里中十二月词》吧。这是模仿民谣《孟姜女歌》的体裁，按月份写就的阳湖地区的祭祀歌谣。读这首十二章的歌谣，人们便可以得知：阳湖是个印染店居多的城镇，北边的放生庵荷花特别美丽，阳春四月满街都是玫瑰香；七夕前十多天就看不到天河的繁星了，这与当时的米价有关系；中秋夜若是天气晴朗，则来年元宵夜的月亮就会格外的明亮……就是这种风物民俗之类的歌谣，很具有感染力。在北京，民谚说，中秋节要是降雨，元宵节一般就会降雪。也许，洪北江来到北京后，听说了这个谚语，心里有了同感，便按照家乡的曲调编写了这首歌谣。

这一年的秋天，洪北江离开北京，从潭柘寺[1]前往慧聚寺[2]做一次短程旅行。他在乾隆四十九年（1784年）曾经旅行过一次，这次算是旧地重游吧。大约十年前，我也从潭柘山开始，前往戒台寺做过一次简短的旅游，沿途的山景野趣是怎样打动了我的心扉，至今还记忆犹新。洪北江特别喜欢的龙潭就在潭柘寺背后的山坡上，原本流水潺潺的水池已经干涸见底，潭上的亭台也已经倒塌湮灭，绝大多数想看的东西都已经不复存在。早在乾隆年间，那里或者是一片与"龙潭"名称相称的幽静之地。到了乾隆五十六年岁末之际，诗人已经进入了百无聊赖的暮年，他就此一气作了十首诗，如"一屋无闲人，出门快步走。一巷无闲人，驱车到坊口"，"一世无闲人，谁与杯盏饮"，"归鸦遇归鸦，十十又五五。酒人忆酒人，相思几多苦"，"人皆在城西，我自独城东"。读他的这些诗句，我们可以得知，这一年清化寺街洪宅已是门可罗雀，少有友人造访。

第二年是乾隆五十七年，洪北江已是四十七岁。亡友黄景仁去世亦有九个年头。三月末的一天，一大早，他就奔赴法源寺。虽然海棠花依旧华容焕发，他却丝毫没有欣赏的心情。遥想当年，他第一次踏上京城的土地，解下行装借居在亲兄弟一般的黄家。再探望亡友当年居住的西斋，不过数年时光，竟已是一片荒芜。墙皮剥落，

---

1　潭柘寺：位于北京门头沟区东南部的潭柘山麓，距市中心30余公里。寺院坐北朝南，背倚宝珠峰。

2　慧聚寺：位于北京门头沟区的马鞍山上。始建于唐武德五年（622年），辽代高僧法师均在此修建戒坛，开坛传戒。明朝正统（1436—1449年）时重建，改名万寿禅寺。因寺内建有全国最大的佛教戒坛，民间通称为戒坛寺，又叫戒台寺。

房檐倾塌，房室空空，死一般的寂静。洪北江拥有众多的诗友，担任显赫的史官之职，他还有什么不满足呢？虽然身在富庶的皇城根下，可毕竟是异地他乡啊！"他诗吾知，吾诗他知"的挚友黄景仁不幸病逝，更增添了他在京生活的落寞惆怅。撩人心乱的春景，如同在他心灵深处播下了一颗思乡的种子，他信笔写下："抛却江南三年久"，"城东风物可羁魂"，"春原一样平如掌，菜花黄时门庭稀"，开始重新审视身处春日和暖中的自己。

但是，北京的花还是美的。在春风中开放，在春风中展露芳颜的燕地的花儿，与摇曳在江南温婉春风里的艳丽蓓蕾，又有着别样的美妙情趣。洪北江带着贪恋的心情，把京都的春花一路看来：丰台的芍药、国花堂[1]的牡丹、崇郊寺的海棠……这个春天的时间，他几乎都用在了探花上。尤其使我们感慨良深的是，现今已经荒若废墟的五塔寺[2]，在洪北江游览之时，还是僧侣们居住的寺院，两棵高大的银杏树树冠亭亭直指云天，牡丹、蔷薇等花儿也是芳菲满园——这些情况，都是我们从他当时写的诗中得知的。看来，在乾隆时期，华北地区的银杏树要比现在多得多，后来就越来越稀少了。洪北江也是问了寺院里的僧侣，才知道这种树叫银杏。当然，这些巨大的银杏树，现在也踪影全无了。

这一年的九月十六日，洪北江遭遇了次子盼孙的死亡，棺梓寄

---

1　国花堂：位于北京极乐寺，以牡丹花著称。

2　五塔寺：原名"真觉寺"，位于北京市海淀区西直门外白石桥以东长河北岸，创建于明代永乐年。

放在广渠门内的夕照寺[1]里。在北京，夕照寺一带是非常寂静的郊区。旅居期间失去爱子的父亲，那种痛彻心扉的感觉实在是难为人知晓的。选择夕照寺这样一个安静之地暂时寄放儿子的棺椁，我们完全能够体察到诗人的良苦用心。十月中旬，他迁任贵州。乾隆五十八至六十年，这三年时间他离开了北京。等到第六次进京时，已经是嘉庆元年（1796 年）的一月十八日，也就是他五十一岁那年的春天。直到嘉庆三年九月他被贬，流放伊犁，恰巧与第五次进京一样，在北京生活了三十一个月。

第六次进京后的头六个月，他在兵马司前街租了一处房子居住，后来迁往八角琉璃井。兵马司前街位于与米市胡同东西向相连接的小巷里，南横街的北侧，也就是在洪北江曾经租居过的丞相胡同的东边。那是一所很不醒目的有些隐蔽的房屋。如今北平的地形地貌与过去相比基本没有什么大的变化，要是用乾隆年间的地图作比较的话，兵马司胡同无论是乾隆年间还是现在，地理位置上都没有发生过丝毫的变化，也许就连住宅地的划分都与当时没有两样。但洪北江租赁房屋的具体地址已经不得而知了。洪北江居住的八角琉璃井，实际上就是一块既不与任何胡同相连又不与空地相接的狭小空间。顺着西琉璃厂大街，走进忠义轩饭店前面的万源夹道——一条仅能通过一辆自行车的小胡同就到了。根据他的年谱记载，特别写到此处住宅的亭池树石之胜景："荒园依古井"，"移尊池上酌"，

---

1　夕照寺：位于北京市广渠门大街中街。夕照寺坐北朝南，由山门、大雄宝殿、大悲殿、方丈院、后院砖塔等组成，其山门殿上有石额，上题"古迹夕照寺"。

"屋旁树数株，鸟巢比人多"……从他的这些诗句中能够想象得出来，那是一处开阔、荒芜的住宅。我曾以他的诗句"三折远市尘"当中的"三折"为依据，去八角琉璃井一带溜达过。我看到一处槐树枝丫伸出墙头的住宅，心想：这里大概就是当年洪北江曾经居住过的地方吧。久久不忍离去。

嘉庆元年的十二月十九日，按照惯例要祭祀苏东坡，举行小年夜诗祭的仪式。小年夜这天，聚集到卷施阁的有刘锡王、张问陶、方体、伊秉绶等诸位朋友。与去年相比，这一年的年末可是热闹了许多。嘉庆二年的元宵节，他去了琉璃厂散步。从他的诗句判断，是去火神庙观灯了。从八角琉璃井到火神庙只有五六分钟的路程。那天晚上，清寒料峭的月光特别美好。这里，让我们来看看他当夜创作的诗歌《元宵有怀四首》。其中有"半生思纪外家闻，清泪时时滴典坟"之句。在他的作品中，也有以《外家纪闻》为题的回忆录。我以为，他的《外家纪闻》，与吴振臣的《宁古塔纪略》[1]、沈复的《浮生六记》，在同类的中国文学作品中，堪称上乘之作。他曾经说过，想写《外家纪闻》的念头一直陪伴了他半生的时光。从他晚年写作《外家纪闻》且原封不动刊印的情况来看，他很早就开始构思这部著述了。据我推测，那应该是在嘉庆二年，他五十二岁那一年的元宵节前后吧。实际上，他执笔写作《外家纪闻》应该是在嘉庆五年，

---

1 《宁古塔纪略》：清代风土地理类笔记，一卷，清吴振臣撰。该文虽以塔名，其实无塔。相传清朝皇族远祖有兄弟六人居此，满语称六为"宁古"，单个为"塔"，因此亦称其地为"宁古塔贝勒"，简称"宁古塔"，犹汉语"六个"之意也。

也就是在他打好腹稿的三年之后。诗方面他有《南楼忆旧诗》、《里中十二月词》，散文方面他有这部《外家纪闻》。至此，这个"思乡诗人"的形象便十分鲜明地呈现在了世人的面前。

　　清明节那天，洪北江邀了好友吴锡麟，一起游玩陶然亭。洁白的云朵，如同仙鹤般缓缓飘浮在蓝天之上。春天鲜绿的田野，点缀着夭夭艳桃与粉面红杏，一派如梦似幻、悠闲清净的田园春景。可是，鲁山兵匪的入侵，却又给他明媚的心情蒙上了一层阴影。

　　在这之前的三月三日，洪北江因为侍伴皇曾孙奕纯的差事，搬迁到了西郊澄怀园近光楼下。年谱上分明写的是"迁移"二字，可从他的作品看，好像依旧住在琉璃井的宅子里。我想，他大概是在侍候皇曾孙时，才去澄怀园居住，不值守时，依然住在琉璃井的私宅中。原本，他在澄怀园是安排了一处住宅的，由于时间紧迫，没有来得及修缮，就只好与侍讲万承风[1]同舍而居了。近光楼下的宿舍修缮完工，已经是八月之后的事情了。万氏的宿舍在西侧的小楼。每逢雨天，他便会到毗邻钱棨[2]的宿舍，与张运遥、王绶、裴谦等人

---

1　万承风：1752—1812年，字卜东，一字和圃，宁州安乡汤桥（今修水县黄沙镇汤桥）人。他与曾经担任过宰相的刘墉、翰林院编修泰承业一道，担任后来成为宣宗道光皇帝的老师，侍读其读书长达二十余年。

2　钱棨（qǐ）：1734—1799年，原名起，后因避唐代诗人钱起同名，遂改为现名"棨"，字振威，号湘龄，江苏省苏州府长洲县人。他也是中国历史上两个"六元状元"（即县试、府试、院试、乡试、会试、殿试均为第一名）之一。另一人是明朝的黄观。

争斗乌鹭[1]，远远便可听到围棋清脆的落子声。

从他们的诗中得知，邻舍的钱氏每三天轮值一次，侍候皇曾孙，不轮值的时间便回自己的家中。想必洪北江的值班情况也与他相似吧。洪北江取材于澄怀园的诗作，将人物性格写得栩栩如生。由此，我们能够听到祭酒汪廷珍爽朗的笑声，能够了解侍讲邵玉清授业的严谨，能够见识侍讲陈万金好色的脾性。

洪北江在澄怀园的诗作中流露出的情绪，与其说是春暖夏凉的文字见证，倒不如说更多的是借景抒情，排遣他寂寞的情怀。萧瑟的风声，松林怒涛的起伏，残荷枯叶的楚楚怜影……不难想象，当时他在北京独居，那种荒凉的心境反映在诗作之中，是最自然不过的了。

嘉庆三年三月四日，他接到了二弟的讣告。这是继次子病逝之后他在北京遭遇到的第二次重击。他于当月二十五日启程，四月二十五日抵达家乡，经历了繁杂的丧事过程。这次归省故里，自然都是告了假的，可当嘉庆四年春上，获知高宗皇帝驾崩的消息，他便连忙于三月二日赶回京城，寄居在戴敦元的府上。五月，迁移至西华门南池子的关帝庙。这是他在北京第一次也是仅有的一次在城里居住。其间，与法式善等诗友的交往一如往常，交游甚密。法源寺的花卉依然令他心情愉悦。他吟咏着"花光何似江南好"的诗句，看得出来，他心中依恋的，依然是江南的故土。

---

1　乌鹭：围棋的一种称谓。围棋子分黑白二色，黑子似乌鸦，白子如鹭鸶，故名乌鹭。宋朝王之道《蝶恋花》咏围棋道"黑白斑斑乌间鹭"，乌鹭因此而得名。

我是个不太懂历史的人。当时的政治、经济情况如何，民情又是怎样的趋势，都不甚了了。但世情喜浮华，风俗亦趋于纤美颓废，吏风自然也就拖沓无为。

洪北江写《偶成二十首》，第一次带着激越的情绪，抨击了世相的堕落。"承平百余载，风俗渐夸浮"等诗句，描写的应该就是这期间的事情吧。九月二十六日，他通过成亲王，秉笔直书抨击高官，以致得罪了皇帝。原本被处以死刑，后来罪减一等，被流放伊犁。三日之内，他从南池子迁移到宣外莲花寺[1]，静待圣命。《偶成二十首》虽说没有注明日期，但仅从嘉庆四年这个年份，我们就不难判断他指的是什么了。他为什么会直抒己见上书？我想，他的《寄石太守韫王书》《雨歇》《偶成》等短文，应该是揭示这次历史事件真相的最重要的依据吧。

我在介绍作为诗人的洪北江时，显得有些匆促。他的其他著作，例如有关地理学、音韵学、史学、经学等方面的著作，我根本就没有涉及。不过，我在这篇文章的开头就说过，只是介绍洪北江在北京的诗作与生活。至于作为学究的洪北江，我不敢去触碰。若是再说得明白一点，在地理学、史学、经学、音韵学这些广泛的领域里，要是想对他进行评价的话，就凭我这么一个不学无术之人，岂不是要比在十八层地狱中遭受刑罚还要痛苦万分？

---

1　莲花寺：位于北京宣武区永庆胡同 37 号。始建于明朝，清乾隆时重修，并隶属于善果寺。后来，改为各地来京述职大吏的一个行馆。民国初年莲花寺仍有僧侣居守。

# 仙人与仙药

　　"仙"这个字，可以说，在任何国家的言语里都是最难翻译的。这个字之所以难译，与别国的语言中没有这个词语有关，或者说，这个字表达的内容是中国独有的。自古以来，日本也有神仙、仙人、仙术之类的词汇，说得习惯了，也就以为自己是懂的，翻译的时候便按照习惯沿用，不必另觅他词。可要是细究起来，到底怎样翻译好，其实也是一件很困难的事情。在日本，即便是有"仙"的说法，那也是古代中国的舶来品，说到底也就是借用罢了。

　　要是按照民俗学方面的说法，在人与神之间，有一种被称为"精灵"的东西存在，他们的地位要比神低一等，是人类的守护神，但在某些情况下也可能成为灾祸的种子。这种"精灵"，大致与西方传说中的"天使"很相近。虽说是"守护天使"，可一旦堕落，就成了"恶魔"。

　　最大差别在于，仙人是在人间经过修炼而得道的，从这个意义上讲，只要有修行的恒心，人人都有成仙的可能。这也正是人类共有的愿望。况且，这种念头产生于很早的中国古代。所以，"仙"的概念，是中国人独特的思维方式的产物。这种"独特"的思考问题的方法，带着几许幻觉、几许缥缈、几许白日梦的自由，令人们身心愉悦、想入非非。

要是列举仙人的故事的话，老子、庄子、列子，还有像刘安[1]、东方朔[2]这样一些才华出众的人物，也全可以算作"仙人"。不仅如此，就是到了明朝、清朝，也总是听见有人说：某处某人得道成仙了。这样的传说简直就是不胜枚举。这就是想告诉人们：即使是我们平常人，也是有希望成为仙人的，大家都加油吧！如此，在全社会形成了一种坚定的信仰乃至美好的憧憬。

憧憬得道升天，成为神仙，这是人类的一大愿望。这个愿望就如同插上了梦想的翅膀，能够自由地飞翔。要想了解为什么中国人会产生这样的梦想，就必须考虑他们自古以来的生活环境与社会状态。我们可以看到，在中国有数不清的神话传说，人们虚设一个"仙境"，让"仙人"们悠游其间。现实中的人们也能进入这个"仙境"，成为"仙人"。面对如此丰富的想象力，我只有惊叹的份了。

"仙人"当然是不会住在这世上的。他们既不会死，亦不会老，整天都乐呵呵地享受着生活，肌肤永远都保养得如同少女一般细腻

---

1　刘安：前179—前122年，今徐州丰县人，汉高祖刘邦之孙，淮南厉王刘长之子，西汉时期思想家、文学家，信奉黄老道家。

2　东方朔：前154—前93年，本姓张，字曼倩，今山东德州陵县人，西汉著名词赋家。东方朔一生著述甚丰，后人汇为《东方太中集》。

光洁。他们不用像人类那样，需要直面严峻而厌恶的死亡问题。中国人梦想着自己能够成为仙人，好早日脱离死亡的苦海。就是像汉武帝那样英明伟大的古代帝王们，也不再满足于财产的富有与权势的显赫，都不约而同地寻求长生不老之术。不用说，延续现实生活中的灯火，使之永不熄灭，这似乎是人类的一个共同愿望。

仙人们的住所是一个被称为"仙境"的地方，也就是一个乌托邦。《庄子》一书中出现的"无何有乡"，是我们所能查找到的古代文献上最早出现的乌托邦。藐姑射山[1]上居住的仙人，大概是这个世上最初出现的"仙人"吧。

公元二三世纪，在中国盛行"方术"，相当于一种戏法，而"方士"则是这种"戏法"的具体的操纵者。他们推崇的"炼金术"，成了中国人长久陶醉的妖魔般的梦想。近代思想家鲁迅曾痛斥这种"炼金术"和"游仙思想"，认为它们是麻痹中国人灵魂的一剂麻醉。

一般来说，中国的"仙人观念"与"游仙梦幻"，是在三世纪末到四世纪初得到确立的。自此之后，人们更加坚定了只要坚持修炼就能得道成仙的信念。那个时期，中国的思想流派十分复杂，而我对这种"游仙思想"兴趣最浓厚。新兴的道教，与来自远古的民俗信仰融合在一起，形成了极其强大的势力。后来，这股势力又与神秘的"炼金术"相结合，便诞生了这种所谓的"游仙思想"。

---

1 藐姑射山：位于山西南部。《逍遥游》这样写道："藐姑射之山，有神人居焉。肌肤若冰雪，淖约若处子，不食五谷，吸风饮露，乘云气，御飞龙，而游乎四海之外……"姑射山北起汾西南部，南至新绛、稷山北部，横跨了隰县、洪洞、蒲县、临汾尧都区、襄汾和乡宁的吕梁山南麓的整个崇山峻岭地区。

晋代葛洪[1]所著《抱朴子》[2]一书，第一次论述了"人到底能不能成仙"这个问题。他在《抱朴子》中指出：凡人若能完备生活环境、饮食、深呼吸、服药这四个要素，加之不懈怠地进行精神修炼，是有可能得道成仙的。简而言之，生活环境与饮食要极其朴素简约，要完全顺乎自然，杜绝使用或食用一切经过人为加工的东西。通过持续练习被称为"啸法"[3]的深呼吸，能够使得自己身轻如燕。然后是炼制丹药服用……如此认真去做了，也就能够得道成仙了。所谓炼制丹药，就是"炼金术"。中国人自古以来就有的一种梦想，那就是炼丹得以长生不老。中世纪出现在欧洲的魔术师们表演的"炼金术"，就是这种虚幻愿望的具体表现。就这一点而言，东西方可谓不谋而合。

炼丹术简称丹术。丹术是每个立志成仙的人必备的技术。所谓的"丹"，根据现代科学研究的结果，主要成分是水银，而水银是一种有毒的物质，肯定是不能服用的。然而，水银经过某种操作可以转变为金黄色，并可以从流动且易破碎的液体转化成固定的形状。

---

1　葛洪：284—364年，字稚川，自号"抱朴子"，晋丹阳郡句容（今江苏句容县）人，东晋道教学者，著名炼丹家、医药学家。他继承并改造了早期道教的神仙理论，曾受封为关内侯，后隐居罗浮山炼丹。著有《肘后方》等。

2　《抱朴子》：晋葛洪著，分为《抱朴子·内篇》与《抱朴子·外篇》。在《内篇》中，他全面总结了晋代以前的神仙理论，系统总结了晋以前的神仙方术。在《外篇》中，他专论人间得失、世事臧否，主张治乱世应用重刑，提倡严刑峻法。

3　啸法：原属道教气法的一种。道者视习静炼啸、弹琴嚼蕊为名流之风气。自魏晋以来蔚然成风。

这样一来，人们在心理上就会生出一种光芒四射的幸福感。那么，因此而引发种种幻想，就不足为奇了。

一件事情实现的难度越大，就越是能够激起人们强烈的征服欲。要是这种人工炼造的所谓"黄金"能够服用的话，那"成仙"的难度不就等同于炼造黄金的难度了？也就是说，只要炼造黄金的难题没有解决，人们成仙的梦想也就永远只能是个梦想。

在此期间，人们一方面在破解如何成仙这个问题上伤透脑筋，另一方面又出现了许多仙人的故事，向人们介绍得道成仙的经过。其中，有关葛玄的故事，大概是最有代表性的。

葛玄[1]，人称葛仙翁，名玄，字孝元。原来是个普通的人，后来修炼得道，成了仙人。葛玄的那些玄乎故事被写进了书中，所以，别人成仙的传说，便也借着葛玄的名头写在一起了。于是，众多有关葛玄仙术的传闻流行于世，成为当时最有代表性的"仙人故事"。传说葛玄总结出了《九丹金液仙经》。这无非就是炼金术士的一种说法罢了。世上到底是不是有《九丹金液仙经》这本书，我们不得而知。根据书名来判断的话，应该是炼金术方面的书籍，至少也是与之相关的书籍吧。

说几个关于葛玄的传说。

有一天，葛玄乘船，一旁的人要求他做点什么离奇的事情展示仙术。于是，他就把一张符箓丢进了河里。那船不用船夫，

---

1　葛玄：164—244 年，吴丹阳郡句容县都乡吉阳里（今句容市）人，三国著名高道，道教灵宝派祖师，被尊称为"葛天师"，与张道陵、许逊、萨守坚共称"四大天师"。

就自动逆流而上。他又向河里投了一张符箓，船被定在了河的中央，无论船夫怎么使劲，船都死赖着不走。他忽然看到江边有一洗衣女子，便对众人说道：

"我在船上就能让她跑起来，你们信不信？"

说完，他扔下一道符箓。那女子竟像受了惊吓一般，忽然拼命地跑出很远。

他又扔下一道符箓，说：

"看着，我让她跑回来。"

那女子便又连忙跑了回来。有人去问她为什么这样跑来跑去？她回答说：

"我也不知道为什么。"

这是葛玄的第一个传说。

一天，葛玄用手猛拍床沿。蛤蟆、野鸟全都随着葛玄的节奏翩翩起舞。葛玄又拿出十块铜板，让人扔进井里，然后他拿一个杯子搁在井上，喊道：

"钱，都回来！"

只见铜板一一飞出井外，落入容器，一个不少。

这是葛玄的第二个传说。

有个道士很会治病，声名远播。有人问他：

"您老多大了？"

"我有好几百岁了！怎么，不信？！"

听了这话，众人无不肃然起敬。

葛玄便对大家说："想知道此人的真实年龄吗？"

人们齐声说：

"好啊。"

于是葛玄施法。忽有一红衣人，手捧丹诏，向道士宣读道：

"玉皇大帝下诏问你今年高寿？"

道士被吓了个半死，立刻跪下来，战战兢兢地回答道：

"小人不敢。小人今年七十又三……"

葛玄听罢，拍手大笑。那道士惭愧不已，连忙逃之天天。

这是葛玄的第三个传说。

有一天，葛玄家陆陆续续来了许多客人。每有客人来时，他自己安坐在屋里，而让其他"葛玄"去门口一一迎接客人。当时恰好是冬天，天气十分寒冷。只见他深深地吸了一口气，然后突然朝外一吹，立刻就变成了火球，把屋里烘得如同阳春三月一般暖洋洋的。吃饭的时候，他把饭米粒与水含在嘴里，猛地往外一吐。眨眼间饭米粒就变成了蜜蜂，围着客人嗡嗡乱飞。此时，葛玄又张开大口，四处乱飞的蜜蜂一下子蜂拥进了他的嘴里，又全变成了饭米粒儿。

这是葛玄的第四个传说。

葛玄的传说远远不止这些。其中最为有意思的，恐怕还要数"尸解"的传说。所谓"尸解"，就是指道士得道升天后，遗体会从人们的视野里消失掉。"尸解"之后，只需假托他平时身边常用的一件东西就可以遗世升天。"尸解术"也是"仙术"的一个组成部分。

一天，葛玄对他的弟子张大言道：

"我被天子挽留已久，就连炼仙丹的时间都没有了。除了用'尸解'的方法让自己消失掉，我现在没有其他的办法。就定在八月十三日吧。"

很快，到了八月十三日这一天。葛玄躺在床上，瞑目而死。弟子烧香守了三天三夜。夜里忽然刮起大风，声响如雷。风停后弟子点烛，发现葛玄不见了，衣服却还留在床上。早晨问邻居，却说并无大风。

"尸解术"属于"仙术"的一种，所以，普通人是不可能做到的。葛玄暂居在俗界，在了却俗缘之后，就采用尸解的法术升入仙界。当然，"尸解"也是有许多形式的。这些在后来的《东晋妖异谭》¹中有记载。17世纪的《聊斋志异》²里就出现过"尸解"的故事，将人们长生不老的欲求寄托于"尸解"这样一种虚幻的梦想。

"仙人"与"长生不老"这两个词语，在很大程度上是同义词。因此，在仙人所创造的奇迹之中，必然有延命长寿。就在葛玄传说流行的六朝时代，有个叫赵颜的人，在他身上发生了被"仙人"直接左右生命的故事。

有个姓赵的农户，家里有个儿子叫阿颜。夏日炎炎，阿颜在田间辛勤劳作。恰好有一人路过此地，立于路旁观察少年良久，深深

---

1 《东晋妖异谭》：主要讲述了《搜神记》作者干宝与道术家郭璞在东晋的神鬼之旅。

2 《聊斋志异》：简称《聊斋》，俗名《鬼狐传》，是中国清代著名小说家蒲松龄创作的文言短篇小说集。

地叹息一声便快步离去。阿颜见此人虽是粗衣装扮，却感觉到他气宇非凡，便立刻追问他因何叹息。那人可怜地说：

"瞧你的面相，你活不过 20 岁。"

阿颜大吃一惊，立即拜倒在地，求他帮助。可此人道：

"我也没有办法。"

阿颜悲痛不已。情急之下，立即回家把这件事情告知了父亲。父子二人马上赶到地里，可行人已经走远。二人拼命追上那人，苦苦哀求。

那人也十分为难地回答道：

"那么，你们回家准备一樽酒，一斤干鹿肉。明天下午我去你们家想想办法。可也不一定就能救得了你的命啊。"

父子二人回到家中，按照那人所说，准备好了酒肉。第二天午后，那人如约而至，并对少年道：

"在昨天你干活的那块地的最南边，有棵大桑树，树下有两个老人在下棋。你带着酒肉到那里去，他们喝完了酒你就给他们斟上，喝完了再斟上。他们要是问你什么话，千万不要搭腔，只管跪拜就好。"

阿颜按照他的吩咐找到了桑树，果真见到二位老人在下棋。阿颜跪而献上酒肉。二人因全神贯注于棋盘，并未注意到身边的来人，只随手将酒与肉送入嘴中。等到他们下完棋，突然发现身边有一位少年，便问他是谁。阿颜并不答话，只是不停地磕头求拜。其中一个穿白长袍的老人道：

"今天我们白吃喝了你的肉和酒，还是得为你做点什么吧。"

说完便从包袱中取出簿籍检看，谓阿颜曰：

"汝今年已经十九岁，寿命已到，当死。吾今于'十'字前面添一'九'字。汝寿可至九十九……"

一阵香风过处，二人化作仙鹤冲天而去。阿颜回家，告知此事。旅人道："红衣者，南斗也；白衣者，北斗也。"并告曰："北斗注死，南斗注生。今已添注寿算，子复何忧？"

这就是阿颜本该短命，因偶遇神仙被延长了寿命的故事。类似这样的故事还有许多，如天上的仙官下凡来游玩，不经意之间救了一个少年的命。这样的故事属于仙术奇谈，是自古以来就有的。

从"仙术"与长生不老之间的密切关系来看，若想成为"仙人"，就必须服用"仙药"。在这种设想下，平常的那些补精强体的药物，也就都成了"仙药"，从神秘走向了现实。我们读古代流传下来的故事或是文艺作品，其中所描写的"仙药"，基本上都是虚幻神秘的东西，它所具有的不老不死的效用也都是超自然的。

唐代小说《杜子春传》中，黄袍老道在云台峰的灵场，以无言的举动命令杜子春点旺炉火炼仙药的情节，被芥川龙之介[1]改写成了短篇小说。所以，在日本也有许多人知道这个故事。有关那个仙药的功效，芥川的作品自不必说，就连原作也没有交代清楚。但人们凭着想象就能推测出来，那肯定是长生不老药无疑。什么"丹砂"、"九丹"，还有神话中的彭祖喜欢服用的"水桂"、"云母"之类的东西，应该说确实是不错的药材。可是，要是把它们的功效说成是长

---

1 芥川龙之介：1892—1927 年，日本著名小说家，代表作有《罗生门》、《竹林中》、《鼻子》、《偷盗》、《舞会》、《阿富的贞操》、《偶人》、《橘子》、《一块地》以及《秋》等。

生不老药，就未免会给人一种玄虚的感觉了。

黄芽[1]、白雪[2]、山精[3]等，大概都属于这种类型的东西吧。然而，他们虽具养生的功效，但若说成是仙丹灵药，未免夸大其词。例如，刘向在他的《列仙传》[4]中所写的那个叫务光的仙人，就喜欢咀嚼菖蒲、韭菜的根，那个叫刘奉林的仙人又特别喜欢服用黄连。我想，这些应该也是养生长寿的方法，不能一概斥之为虚幻空想。这些食材有着显著的功效，对于人类的保健具有很好的作用，是得到后来本草研究学者充分认可的。

就说仙人故事中提到的所谓"仙药"吧，我们可以从本草草药的角度举出两三个例子加以说明。例如，黄精、白桃、石榴，还有枣、松、楝、春兰等，这些东西要说有助人成仙的功效确是虚妄，但作为药物，在保健功能上来讲，还是值得人们关注的。黄精是一味强精健体的草药，白桃是泻药，石榴可以用来治疗痢疾，枣、松具有强健身体的功效，楝树可以作为消疝药物，春兰可以止血……它们各有各的用途，都在中医书籍中写着呢。

苏州有家很有名的药铺，叫沐泰山堂，关于它有个至今脍炙人口的传说。相传，在很早以前，有个女乞丐背着满身是疮的孩子，

---

1　黄芽：养生术语。在人静的过程中，"先天真一"之气慢慢地产生并汇聚到一起，就像刚刚生成的黄芽一样。

2　白雪：一种中药材。

3　山精：又名苍术，药材。多年生草本。根茎肥厚，块状。

4　《列仙传》：中国第一部系统叙述神仙的传记，具体成书时间与作者争议颇多，现多认为是西汉史学家刘向所著，主要记述了上古及三代、秦、汉之间的70多位神仙。

每天早上都要来店里乞讨。沐泰山的老板从来没有露出过嫌弃的神色，每天都施舍给她们母子饭食。就这样过了一个多月。在一个寒冷的雪天，老板不仅给她们施舍了饭食，还送给了她们衣物，夜里还让她们在店堂的一角安歇。第二天早上，老板看到那个孩子在柜台上拉了屎，连忙让店里的人清扫。谁知，这时店铺里竟然香气弥漫，天上降下五彩的祥云，女乞丐变成了一位道姑，而她背上的孩子竟变化成了一只瓢，堆在桌面上的大便也变成了名贵的仙药。

　　沐泰山堂之所以有今日的兴盛，也许与这个传说有些关系。世上因果报应的故事很多，而仙药这个情节，才是这个传说中最引人入胜之所在吧。

# 巫风与歌舞

　　《诗经》所描绘的中国，还处在村落聚居的时代。我们将宫廷所在的村落称为"都城"，而将没有设置宫廷的村落叫作"农村"。觉得采用这样的称呼，好像更加方便一些。因此，村落这个概念实际上是包含着所谓"都城"与"农村"的，它们具有共通的风尚。贯穿《诗经》中《国风》的风尚，也可以说就是古代中国村落的风尚。我想，似乎也唯有这种村落的风尚，才能够称得上是中国古代的风尚吧。

　　从精神上统治古代村落的，是所谓的"巫师"。"巫师"都城也有，农村也有。我们且不要管是"都城"，还是"农村"，他们相互依存，唇亡齿寒，一起参与村落的事务，一起观察天体，一起占卜自然与人生之凶吉。他们之间的生计与信仰都是相联系的，巫师与长老负责解答人们咨询的问题，控制着艺术表演的权利。巫师是显现村落风尚的一种神圣职位，同时，巫师作法的内容，又可以认为是古代中国文化的一种象征。都城的巫师出现在王侯的酒宴上，逐渐变成了神圣的宫廷诗人。农村的巫师一般主办各个季节的祭祀活动，或者主持村上的婚礼。所谓的巫师，就是将所有的美好、清白、清正送给人们的司祭。王国维在他的名著《宋元戏曲史》[1]一书中，就对村落司祭——巫师的职能从艺术的角度做过极其深刻的剖析。

> 周礼既废，巫风大兴。楚越之间，其风尤盛。……古之所谓巫，楚人谓之曰"灵"……《楚辞》之灵，殆以巫而兼尸之用者也。其词谓巫师曰"灵"，谓神亦曰"灵"。盖群巫师之中，必有象神之衣服形貌动作者，而视为神之所冯依，故谓之曰"灵"，或谓之"灵保"。……余疑《楚辞》之"灵保"，与《诗》之"神保"，皆尸之异名。……是则灵之为职，或偃蹇以象神，或婆娑以乐神，盖后世戏剧之萌芽，已有存焉者矣。

"尸"，指的是装扮成神，处于祭位的角色。王国维认为"巫而兼尸之用者"称为"灵"。巫师将自己装扮成神，载歌载舞，自然是被众人认可为"神"的地位。从这一点上来说，我认为《诗经》中《国风·邶风·简兮》是描写巫师歌舞的最好例证：

> 简兮简兮，方将万舞。
> 日之方中，在前上处。
> 硕人俣俣，公庭万舞。

1 《宋元戏曲史》：上海世纪出版集团出版的图书，作者王国维。本书以宋、元两朝为重点，征引历代有关资料，说明戏曲从先秦两汉时期一直到宋元时期的源流演变。

有力如虎，执辔如组。

左手执龠，右手秉翟。
赫如渥赭，公言锡爵。

山有榛，隰有苓。云谁之思？
西方美人。彼美人兮，西方之人兮。

我以为，它的第一、二章描写的是舞蹈，第三、四章则是歌谣。陈风中的《宛丘》和《东门之枌》等，都是描写古代农村祭祀场面的。很可能指导由众多男女组成的舞蹈队与合唱队的人，便是村落的司祭——巫师吧。例如，《宛丘》中引人注目的一个人，手执漂亮的鹭鸶羽毛；《东门之枌》中自称子仲之子的那个人，肯定也是由巫师装扮而成的。以巫师为中心，各个村落的民众挥舞着手臂载歌载舞的场景，不难想象。

麟之趾，振振公子，于嗟麟兮！
麟之定，振振公姓，于嗟麟兮！
麟之角，振振公族，于嗟麟兮！

上述是《国风·周南·麟之趾》[1] 的全文。我们还是来读一读古人对这首诗的解释吧。虽然有各种各样牵强附会的说明，但我认为，说它是祭祀仪式上所用的诗歌更为恰当。至少应该是一种祈祷词吧。

---

1 《国风·周南·麟之趾》：中国古代第一部诗歌总集《诗经》中的一首诗。这是赞美诸侯公子的诗歌。此诗以麒麟比人，祝贺多子多孙，且子孙品德高尚，如同麒麟。

同时，我们也不要忽略这个场景里扮演成"麟"的巫师的表演技能。诗歌中，从公子、公姓到公族，范围在不断地扩大，这应该是在向"麟"的灵德祈祷村落子孙繁昌。当然，这种祭祀仪式的背景是不是与村落的图腾有关，尚未定论。

以上主要说的是没有宫廷的村落的情况。那么，有宫廷的村落，也就是"都城"，它的巫师又是怎样履行自己神圣使命的呢？泷辽一[1]列举了在《诗经》中出现过的十五首巫歌，认为那都是与祈愿、祝福、占卜有关的诗歌。这些诗歌有：《小雅·鹿鸣之什》中的"天保"篇，《小雅·节南山之什》中的"巧言"篇、"巷伯"篇，《小雅·甫田之什》中的"甫田"篇、"大田"篇，《大雅·荡之什》中的"云汉"篇，《小雅·谷风之什》中的"信南山"篇，《周颂·臣工之什》中的"臣工"篇、"噫嘻"篇，《小雅·甫田之什》中的"瞻彼洛矣"篇、"鸳鸯"篇、"桑扈"篇，《大雅·生民之什》中的"既醉"篇、"行苇"篇、"假乐"篇。这些巫歌，都是宫廷宗庙祭奠的诗歌。从这一点上来看，与国风诸篇的旨趣是有所不同的。因此，要想对其歌舞的性状进行深刻的分析，还是十分困难的。不过，我们可以充分发挥自己的想象力，去认识这种既是宫廷诗人又是巫师所表演的带有巫术性质的歌舞。例如，"云汉"篇、"信南山"篇、"瞻彼洛矣"篇，都是与求雨乃至水卜有关的诗歌，这种巫术表演具有很明显的对水神、雨神敬畏的特质。也就是说，从与水有关的巫术表演的角度来分析，可以看得出装扮并模仿成龙蛇形象的样子。

现在，我们来看看《楚辞》中《九歌》十一篇的篇目："东皇

---

1　泷辽一：1904—1983 年，日本作家。

太一"、"云中君"、"湘君"、"湘夫人"、"大司命"、"少司命"、"东君"、"河伯"、"山鬼"、"国殇"、"礼魂"。

陆侃如在综合了王夫之、王邦采、王闿运、梁启超等人学说的基础上，认为除了"礼魂"一篇是送神曲外，其他十篇是可以通用的。（陆侃如《中国诗史上卷》）这种说法是否恰当，我们姑且不论，但有一点是清楚的，那就是《九歌》的十一篇内容都是巫歌，都是在祭祀的过程中用于巫师神圣的符咒表演的。对此，青木正儿[1]博士做了更加细致的分析，将其分成三种形式：一是独唱独舞式，二是对唱对舞式，三是合唱合舞式。（青木正儿《支那学》第七卷第一号）具备唱和形式的诗歌不光光是《九歌》，在《诗经》中也有许多。若是逐一进行分析的话，就会发现它们的前半部分与后半部分的对话形式是不完整的。这大概是还没有经过文学修饰的原型吧。那么，同样出自《楚辞》的《天问》原型中的问答形式，也是不明了、不完整的吗？《天问》也是巫歌，从它的唱和形式乃至问答形式来推断，我以为，它用于古代祭祀的时候，不可能像今天这样经过文学加工，应该是一种质朴而生动的戏剧表演形式。

唱和式的歌舞形式，在中国南方各地是普遍存在的，这就给我们研究古代祭祀过程中以巫师为中心的歌舞表演形式提供了充分依据。例如，岭东地区的酬唱歌曲、云南地区的歌舞、彝族的山歌等，都给我们研究那个时期的歌舞提供了重要的线索。唱和形式也是多种多样的，有一群人对一群人的唱和，有一个人对一群人的唱和，

---

1　青木正儿：1887—1964 年，日本山口县下关市人，日本自大正至昭和中期的中国文学专家。

也有一个人对一个人的唱和，等等。古代中国以巫师为核心的歌舞形式，所采用的无非就是这么一些形式罢。

我们确定了宫廷与农村的祭祀都由巫师起决定作用，那么，宫廷也罢，农村也好，又都恢复到村落的原态。为什么这样说呢？因为宫廷祭祀时，要选定神所在的位置，设置神坛。不用说，农村设神坛肯定就是挑选附近的小山丘，以显示神圣的敬意。（参照《诗经·东门之枌》）宫廷的合唱队或者乐队的人员，也都是由农村中的男女合唱队以及他们的伴奏者所组成。

巫师作为司祭，十分神秘地施展他神圣的表演技巧。通过这种神秘的技巧，主持祭奠活动，引导众多的人参与进来。如前所述，都城是宫廷所在的村落，农村是没有设置宫廷的村落。宫廷巫师所主持的祭奠活动显得非常仪式化，与之相对，农村巫师所组织的祭奠活动就显得很自然。我想，我们应该给予农村祭祀活动更高的评价。不过，在这里我们必须注意的问题是，在后来艺术发展的过程中，既有农村祭祀活动艺术形式的分化与发展，也有宫廷仪式化的祭奠活动艺术的分化与发展，我们不应该将这两者混同起来。我在这里想特别强调的是，农村的祭祀活动所创造的艺术形式，对于后来戏剧、歌舞等艺术的发展具有特别重要的意义。

农村祭祀活动中男女唱和的内容，主要是情歌对唱。这一点葛兰言[1] 在他的著作《中国古代的节庆与歌谣》中已经讲得很清楚了。

---

1　葛兰言：1884—1940 年，20 世纪法国著名的社会学家和汉学家，法国著名汉学家沙畹的学生。代表作有《中国古代的节庆与歌谣》、《中国古代舞蹈与传说》、《中国古代之婚姻范畴》、《中国文明》等。

不用说，情歌对唱是祭祀活动中不可或缺的男女互动环节。在神圣的祭日，竞技是用自己的灵魂去征服对方的灵魂。竞技活动包含了许多内容，其中最为纯情的就是情歌对唱，也就是祭祀活动中的歌曲唱和。

相互之间以竞技的形式进行歌曲的唱和，这意味着什么呢？在这里，我想说的是，以征服灵魂为目的的情歌对唱，在中国戏剧史上具有重要的意义。可以说，它是戏剧的最初形态，我们可以从中窥见中国艺术发展的历史轨迹。

迄今为止，对于《诗经》中的诗歌，我们通常作的几乎都是悲伤的解释。可要是把它们看作是农村的情歌竞赛的话，那么，这些解释马上就会闪耀出明亮的光芒。生机勃勃的活动，也就会如同彩虹那样大放异彩。它所带来的新信息令我们大开眼界。下面，让我们来看看《卫风·木瓜》这一篇吧：

> 投我以木瓜，报之以琼琚。匪报也，永以为好也。
> 投我以木桃，报之以琼瑶。匪报也，永以为好也。
> 投我以木李，报之以琼玖。匪报也，永以为好也。

以上，如果诗章中的第一句、第二句是男子的唱词，那么，我们可以认为第三句的重复句子"匪报也，永以为好也"，是女子的唱词。当然，一个诗章的唱词都由一个人来唱也不是不可能的。但如果是那样的话，这首诗就还有它更早的原型，男女唱和的形式更加明显。为什么会做这样的推断呢？那是因为，在这首诗中，与第一、二句形成对应关系的第三句，就是一种唱和的关系。至少它给我们留下了很充分的唱和形式的痕迹。历来，人们都说这首诗是赞美齐国的桓公的。我们现在从这个俗套中解放出来，再读这首诗，是多么令人陶醉——我们仿佛看到祭祀的现场，初夏微风习习，瓜果飘香，阳光绚烂，互相投掷玉佩的男女们那高昂的热情与明媚的目光；看到伴随着唱和的歌声翩翩起舞的人群，听到那勾人魂魄的情歌对唱的悠扬旋律，也能想见不久的将来就会出现的飨宴与婚礼的热闹场景。

如上所述，根据发展的轨迹，可以得知这种唱和的形式已经趋于完美。我们将各种表现形式都回复到最初的状态，就能十分清晰地了解它的意义所在。例如，《木瓜》之外，还有《鸡鸣》《褰裳》《溱洧》《女曰鸡鸣》《桑中》等诸篇，都是属于这种类型。再就是这种对歌的竞技要素，能够实现"勾魂"最根本的技能是什么？我以为，其中奥妙便是挑逗。这种竞技实际上并不单纯是唱或问答，而是在对歌的基础上，要使出招数征服对方，也就是说，必须把对方的魂"勾"过来。因此，除了唱和的歌词内容以外，唱和者自身的态度、表情、动作，也都是要为"勾魂"服务的。只有这样，才有可能达成目的。这种全面展开攻势的过程，实际上就是挑逗的过程。因此，在理解歌词意思时，也绝不能将它理解成严肃、庄重的意思，而要理解成挑逗的情调。唯有这样，才能真正读懂《诗经》"国风"的本质特征，也才能够显示它对于后来艺术的影响。如前所述，我一直在强调，我们以前对《诗经》的理解是悲观的，缺乏明快的心态。《溱洧》是由两个诗章组成的，它每一章的末尾是这样的：

维士与女，伊其相谑，赠之以勺药。

这句诗重复了两次，带有明显的挑逗倾向。同时，《鸡鸣》是这样写的：

> 鸡既鸣矣，朝既盈矣。匪鸡则鸣，苍蝇之声。

这两句是十分明显的唱和形式，可看做是早上别离时的问答。前半部分说："鸡鸣了，天亮了，上早集吧！"后半部分答："不是鸡鸣，是苍蝇在叫嘈闹。"把鸡叫说成是苍蝇的叫声，带有明显的挑逗色彩。再看第二段短诗：

> 东方明矣，朝既昌矣。匪东方则明，月出之光。

从中，我们可以看到他们在用太阳与月亮的错位来挑逗。不要只用严肃或者庄重的意味来解释，而应该以挑逗的意境来理解。这就是我要在这里指出的。从这种对歌挑逗的情形看，我们自然就了解到他们在隆重的祭祀活动中，毫无顾忌地大声调笑的情形。

这种挑逗很快就与采桑的闲聊结合在一起。在这里，我们再来看看《乐府诗集·相和歌辞·清调曲》中的《秋胡行》与《汉乐府》中的《陌上桑》吧。在乐府以前，例如在《诗经》的《桑中》、《楚辞》的《天问》等篇章中，我们也能够看到有关采桑传统的一鳞半爪。我以为，《诗经》中的《十亩之间》就是与这些内容相关的，不过，完整故事的形成要在汉代以后。

在《西京杂记》、《列女传》等文集中，有了主人公秋胡和他妻子的传说。进入六朝之后，这个素材出现在了好几个故事中，也由此诞生了许多名篇佳作，如晋朝的傅玄、宋朝的颜延之、齐代的王融等人的作品。进入唐代后，有李白、高适等人的作品。尤其是李白的《子夜歌》，虽说是一首短诗，但也是脍炙人口的佳作。现存于大英博物馆的敦煌卷子《秋胡变文》，就是这个故事的小说版本。经推测，大概是唐朝时候的作品。发展到宋代，有了白话本。这个发现进一步表明，秋胡故事的小说化，是其戏剧化的直接原因。以元朝的戏剧为例，其中有很多是以唐朝的小说和宋代的话本为基础的。因此，秋胡与他的妻子的故事，便有了率先戏剧化的可能。元朝石君宝的杂剧《秋胡戏妻》，可以说就是秋胡小说演变的结果。不过，在秋胡小说戏剧化进程中，我们还必须考虑宋朝民众娱乐活动兴起这个大环境。至少，以汴京或者杭州为中心的众多艺术家们，用口头表演的形式，讲述或演唱了秋胡和他妻子的故事。我们应该注意到的是，这个故事的传播，还远远不止上述一种形式。假设现在的《秋胡戏妻》是唐末的版本的话，说不定当时还有其他版本存在呢。也许，在那之后，通过口头演绎，经过众多艺术家的加工，出现过许多类似的或简或繁的版本，这也是很自然的事情。元杂剧《秋胡戏妻》的作者石君宝，是根据之前众多相关文本记载以及口头文学的演绎而完成《秋胡戏妻》的。也就是说，这部戏剧是集大成者。

杂剧《秋胡戏妻》的内容如下：

某村有个叫作秋胡的青年，娶了罗大户的女儿梅英为妻。刚刚举行过婚礼，就接到了从军的命令，直接去了军营。在之后的十年时间里，他与家人之间失去了联系。传言纷纷，都说秋胡已经战死在疆场了。梅英的父亲罗大户，曾经借过同村李大户的四十石粮食，一直没有能够还上。李大户以此为要挟，想迎娶年轻貌美的梅英为妻。李大户以秋胡既死娶梅英名正言顺等理由为借口，说得罗大户动了心思。可秋胡的妻子梅英断然拒绝了李大户的非分之想。因此，父亲罗大户就陷入了困窘之地。

秋胡这十年来，虽说与家乡断绝了音讯，但他在战场上勇猛杀敌，取得了卓著的战功，当上了鲁国的大夫，终得衣锦还乡。秋胡路过自家桑田时，看到十年过去，当时矮小的桑苗都已经长成了大树。正当他感慨不已之时，一直惦记着的妻子梅英前来采摘桑叶。秋胡庆幸梅英已经认不出自己了，便上前挑逗梅英，试探她的心思。梅英被从未见过的男人非礼，心生怒气，叱责秋胡，令其滚蛋。秋胡得知梅英志操坚定，便欣然回家。

秋胡回到家中，见到了阔别的母亲，叙述久别的景况。他告诉母亲，自己现在官至鲁国大夫，国君赐黄金一饼，令自己回家探亲。妻子梅英从桑田采桑叶归来，见到刚才非礼自己的男人竟然坐在自己家中，心里吃惊不小。又得知来人竟是十年前离家一直杳无音讯的丈夫，欣喜若狂，便要求秋胡严惩曾经对自己图谋不轨的李大户。至此，一家人总算重又团聚。

这个故事中，桑园挑逗这个部分是构成这部戏剧的关键所在。然而，同是元曲，张国宾[1]的杂剧《薛仁贵荣归故里》，与这部《秋胡戏妻》很是相似，只是缺少了挑逗这个情节。离开乡村十年没有音讯，这个情节完全一样。与秋胡官至鲁国大夫不同的是，薛仁贵凭

---

1 张国宾：生平不详，元代戏曲作家、演员。所作杂剧今知有四种：《高祖还乡》已佚，《薛仁贵荣归故里》《相国寺公孙合汗衫》及《罗李郎大闹相国寺》三种皆存。

借着自己平定高丽国渊盖苏文[1]的功绩，皇帝赐他御酒千瓶、黄金百两，拜受将军印绶，载誉还乡。但是，秋胡挑逗妻子、考验她的贞节这个情节，在薛仁贵的戏里根本没有，只是说他如何孝敬父母。这两部戏剧的确是出自一个源头，大概是在后来的演变过程中发生分化，形成了不同的版本吧。挑逗这样的情节设置，要是从古典戏剧形式与戏剧构成这两个方面来分析的话，可以说，"秋胡戏妻"剧较之"薛仁贵"剧更接近古典戏剧形式。虽然同是元曲，具备与古典戏剧形式相近特质的，也就是秋胡和他妻子这个故事所演变出来的几种不同的戏剧内容吧——在元曲以前，即宋代的说唱表演当中也是如此。而与挑逗情节没有丝毫关系的薛仁贵的"耀武打戏"，却是在暗示着另一种戏剧形式的兴起。同一个故事要是变异成几部特色各异的戏剧之后，就很容易与其他故事相结合，派生出新的戏剧故事来。也许，在宋代艺人们的口头演绎中，就已经产生了秋胡和他妻子的故事与薛仁贵的勇武故事相结合的戏剧故事。恰巧借着元曲兴起的机缘巧合，人们将比较接近古典形式的秋胡与他妻子的故事与薛仁贵的勇武故事一起戏剧化，然后编了两个不同的戏剧——一是《秋胡戏妻》，一是《薛仁贵荣归故里》。

在元代的"南戏"中，有《秋胡戏妻》这出戏的记载，这从《永乐大典》中可以得到证明。查阅《宦门子弟错立身》戏文，从中能

---

1　渊盖苏文：603—666 年，又名渊盖金，是高句丽末期非常具有争议性的铁腕军事独裁者。《日本书纪》记为伊梨柯须弥。一方面，渊盖苏文成功地抵御了唐朝想灭掉高句丽的企图，因此被许多人认为是朝鲜半岛的民族英雄；另一方面，许多人认为他残暴弑君，铁腕统治导致了高句丽后来的灭亡。

够看到《秋胡戏妻》的曲名，说明这件事情是真实的，想必与元曲《秋胡戏妻》的情节也大同小异。如此，元代的秋胡与他妻子的故事的戏剧化也是大同小异，至少在种类上是这样。当然，这样的例子也不仅限于《秋胡戏妻》。如前所说，在《宦门子弟错立身》戏文中常常可以看到"南戏"的剧名。根据与元曲相同题材的戏剧来推断，竟有十八种之多。这一事实表明，当初有着相同题材的戏剧，虽各自版本不同，但一直流传于世，《秋胡戏妻》就是具有代表性的例子。另外，《秋胡戏妻》在南曲以及北曲两个系统中同时存在，它将永远被记录在中国戏剧史上。现在，在中国国粹——京剧当中，《秋胡戏妻》全剧都是西皮调，只有三处唱的是流水板。由此可以清楚地看到，以前徽班演出的《秋胡戏妻》，又在京剧中露脸了。值得注意的是，现在的京剧《秋胡戏妻》，依然秉承了挑逗这个主题。

那么，"薛仁贵"剧的走向又是如何呢？可以说大致相同吧。现在京剧里面，薛仁贵的戏很多。除了用"薛仁贵"这个名字的，还有用如"薛平贵"等其他名字的，想必他们有很多相同之处吧。与之有关的，我们可以列数出以下剧名：《彩楼配》、《平贵别窑》、《摩天岭》、《薛礼救驾》、《独木关》、《赶三关》、《武家坡》、《汾河湾》、《算粮登殿》、《大登殿》，等等。在这些剧目当中，有像《彩楼配》这样由昆剧改编成皮黄戏[1]的，也有像《说唐演义全传》、《说唐后

---

1　皮黄戏：就是以"西皮"和"二黄"两种不同的腔调为主的戏曲。"二黄"腔源于南方江西、安徽，流传到湖北后，又结合了流行于北方的"西皮"腔，综合成为独立的戏曲，因此被称为"皮黄戏"，又习惯称"二黄戏"。

传》那样，在小说流行之后被改编成戏剧的。今天我在这里想专门说一说直接与元曲有关系的，与《秋胡戏妻》有密切联系的《汾河湾》与《武家坡》这两个剧目。

《汾河湾》与《武家坡》二剧，若是追溯其源，一直可以上溯到元曲《薛仁贵荣归故里》。先来说说《汾河湾》的主要剧情：

唐朝年间，薛仁贵从军十八年，凭着征服盖苏文的战功，被封为平辽王。他急急忙忙赶往阔别的家乡，探望妻子。当他来到回乡的必经之路——汾河边上的时候，遇到了一个正在射雁的少年。那少年箭术十分厉害，可谓百发百中。正当薛仁贵百般叹赏之际，突然一只老虎跳了出来，眼看就要咬到少年了，仁贵立刻拔箭相助，却不料射杀了少年……很快，薛仁贵就到了家，可妻子柳迎春面对这样一位荣华富贵的男人丝毫没有在意。薛仁贵为了试探妻子的贞节，百般挑逗，却遭到妻子的愤然拒绝。薛仁贵已经探知了柳氏的心思，便挑明了事情的原委。柳氏闻知，惊异不定，以为自己是在梦中，连忙开始打扫卫生、做饭，猛一阵忙碌。此时，薛仁贵看见旁边放着一双男人的鞋子，立刻神色大变，认定柳氏是个不守贞洁的妻子。在严词责问之下，柳氏道出原委，诉说他们有一个年方一十八岁的儿子，名叫丁山。原来，薛仁贵从军时，丁山还没有出生。他便问丁山去了哪里。柳氏告知，今天丁山去了汾河边打猎。再问丁山的装扮、所持的装备等，他明白了刚才自己在汾河边失手射杀的，正是自己的儿子。惊骇不已的薛仁贵夫妇慌忙赶到汾河湾。剧中交代，这个不幸的事件，完全是盖苏文的阴魂作祟。

以上所述，说明了挑逗这个主题在戏剧构成上的重要作用。十多年后归来，作为妻子已经认不出自己的丈夫了。在《武家坡》中，薛仁贵变成了薛平贵，柳迎春则变成了王宝钏，但剧情基本上是一样的：

薛平贵从军远赴西凉征战，因遭魏虎、魏豹陷害，被西凉国公主代战所俘，后来成了西凉国的驸马，过上了荣华富贵的生活。薛平贵思念在故乡独居十八年、苦苦等待自己归来的妻子王宝钏，便踏上了遥远的回乡之路。来到武家坡时，遇见了前来摘菜的王宝钏。妻子根本就不知道来人就是自己的丈夫薛平贵。薛平贵欲知妻子的贞节如何，便故意进行挑逗。然后告知妻子，自己就是她的丈夫薛平贵。夫妇二人相隔十八年重新相聚，王宝钏提出要让代战公主做正室夫人，自己甘居侧室，遭到平贵叱责。薛平贵承诺，要让王宝钏做正室夫人。

如此看来，无论是《秋胡戏妻》、《武家坡》，还是《汾河湾》，秉承的都是同一个主题。其中，在《武家坡》中出现了一夫二妻的问题，与《薛仁贵》一剧如出一辙。但《薛仁贵》剧没有挑逗这个情节，而由它演化而成的《汾河湾》、《武家坡》等剧，却都有这个情节。这就说明，即使元杂剧《薛仁贵》脱离了挑逗这个主题，之后该剧遍及南北戏剧的各个系统，在被改编成京剧的过程中，自然而然地就添上了挑逗的内容。元曲《薛仁贵》虽然在这方面存在缺陷，但其他戏剧的构成的要素却都是具备的，所以诞生出了现在我们看到的《汾河湾》、《武家坡》这类戏剧。同时，作为秋胡与他妻子这个故事的一个分支——元曲《薛仁贵》剧一出现，它的内容很快就被后来相继出现的诸剧吸收，且带有比《秋胡戏妻》更强烈的挑逗色彩。这就是为什么现在的京剧《汾河湾》或者《武家坡》更加接近《秋胡戏妻》剧。

我现在探讨的问题是：古代祭祀唱和节目中出现的挑逗主题，是怎样在历史演变的过程中，发展成为中国戏剧一大主题的？并且，通过列举与《秋胡戏妻》相关的戏剧来说明，这个主题实际上并不限于秋胡与薛仁贵等相关题材的戏剧，它在发展的过程中，产生了进一步飞跃。例如，后来纳入《缀白裘》中的梆子戏《戏凤》，以及脱胎于《戏凤》的现代京剧《梅龙镇》，都是以挑逗为主题的。

　　《戏凤》这部戏，说的是明代武宗皇帝微服私访来到一个叫作梅龙镇的地方，遇见一位名叫凤姐的可怜姑娘，武宗挑逗凤姑娘，然后将其带回宫中的故事。应该说是一部很难概括出故事梗概的小品戏，尽管如此，它的挑逗主题也是十分鲜明的。

　　古时候的梆子戏，一般都是在农村演出的，后来就演变成了现代京剧中的闹戏。在这些闹戏当中，有一出叫作《小上坟》的。讲有位离乡很久的男子，当上了知县后，带着两个随从回乡探亲。时值清明节，村上的人们都忙着上坟。那个知县的妻子也出门为自己"亡故"的丈夫上坟，路上偶遇回乡的丈夫。戏剧就在热闹的挑逗之中结束。还有一部闹戏名叫《杏花村》，故事只有两个人：一个村姑，一个牧童。村姑在去杏花村买酒的途中遇见了牧童，牧童尽情地挑逗姑娘，最后告知：若是不唱歌，就别想从这里经过。姑娘让牧童唱，牧童让姑娘唱。最后两人交替唱和，愉快地道别分手。就是这么简单的戏剧情节，但最后的结尾明白无误地说明：即便再简短的戏剧，也是可以围绕挑逗这个主题展开的。这就是说，闹剧最初来自农村，经过京剧的提炼，整个形态还是保持完好的。

　　我的"巫风与歌舞"这个题目，本来是想简略地叙述古代农村祭祀活动中的挑逗因素，是怎样最终演变为戏剧重要主题的。仅此一例亦能说明中国是一个文明古国，一脉相承的文化有时也是出自偶然的因素。就这一点而言，倒是应该引起我们注意的。不过，这样的现象实际上是与挑逗的主题毫不相关的。从上述众多的例子中，我们可以看到以下两个共通之处：一是离乡已久，荣归故里的男人；二是男人认识妻子，而妻子却认不出丈夫。由此，又令我想起了中国民间一直在传承的"离魂说话"这种现象。据说，现在山西的有些偏僻地区还存在着这样的习俗：出远门疲惫不堪的人回家里之后，会烧纸钱以招魂。我也曾经亲眼见过，为了给病人祈福，一帮人在黄昏之时，在城墙边上的昏黄暮色中，举行招魂仪式。将游魂招回故乡妻子的身边，这恐怕就是众多失去丈夫的中国妇女心中所共有的一种渴望吧。对于那些躲在贫贱破屋窗边，幻想着衣锦还乡的丈夫身影的妻子们，我们绝不可无端地嗤笑。在中国人看来，游魂所惹起的不幸与安魂所带来的幸福，是他们的信念所在，也是他们的信仰所在。

# 滑稽戏溯源

即使没有任何戏剧知识，观看中国戏剧的时候，都会有一个共同的感受，那就是中国戏剧与歌剧很相似。因此，如果稍微用心观察的话，不同演员的唱腔也是有很大差别的。当然，唱腔不仅仅可以区别演员的性别，也能够细微地表示角色的性质。而唱腔的种类也是名目繁多的。例如，净角[1]有净角的唱腔，丑角[2]有丑角的唱腔，小生[3]有小生的唱腔……特别复杂。欣赏中国戏剧，弄懂各种唱腔是

---

1　净角：中国戏剧表演主要行当之一，俗称花脸。以面部化装运用图案化的脸谱为标志，音色宏亮宽阔，演唱风格粗壮浑厚，动作大开大阖，顿挫鲜明。

2　丑角：中国戏剧表演的行当之一，一般扮演插科打诨比较滑稽的角色。文丑以做工为主，武丑以武打为主。

3　小生：中国戏曲角色行当之一，指扮演青少年男子。按照饰演人物的不同，一般分为娃娃生、穷生、扇子生、纱帽生、翎子生，等等。

非常重要的。在这一点上，虽说它与歌剧的结构很相似，却与日本的能乐[1]有着较大的差别。或者说，它更加接近西方歌剧吧。

　　观看中国戏剧，要求我们具备这样的基本功，即在听了演员的演唱后，就能够判断出他的性格、装扮和做派。中国是一个喜爱戏剧的民族，他们对演员的唱功具有天然的敏感度，并且特别看重演员的唱功。作为一个戏剧演员，要是唱腔失调了，即便他别的方面功夫再了得，也完全失去了作为戏剧演员的价值。所以，演员自身必须竭尽全力地练唱功。也可以这样说，决定他们名声的主要因素就是唱功。演员要用各种各样的唱腔来匹配自己扮演的角色。就这一点而言，日本的歌舞伎演出，虽说也有类似的要求，但绝对没有中国戏剧那么严格。而且，在中国戏剧当中，这是必须严格遵守的一条，谁也不能例外。小生串演净角，净角串演丑角都是不允许的。唱功是角色分配时考虑的主要因素，在这方面没有商量的余地。也就是说，在中国的戏剧当中，演员的职能，与木偶戏、皮影戏当中的木偶是一样的。人们称这种人物分工为角色。这一点也不只是限于戏剧，在中国的其他艺术形式中，很多地方都体现了这种形式与内容的统一。再进一步的话，就不仅仅限于艺术范畴了，中国人思考问题的方法就是这样的，无论是对待历史的问题，还是对待道德的问题，这个特点都是十分明显的。我想，他们在对待戏剧人物方面，也都是与他们上述思考问题的方法一脉相承的。

---

1　能乐：在日语里意为"情节的艺能"，是具有代表性的日本传统艺术形式之一。

古代戏剧的角色就要简单、朴实多了。自元代之后，南北曲[1]兴起，之后进入昆曲的全盛时期，接着又出现了皮黄戏等，剧种与角色分工越来越复杂。如果将这种现象与前面所说的唱腔联系起来的话，唱腔也可以说是近代戏剧形式多样化之后的产物。也就是说，角色分工的复杂化，必然导致唱腔的多样化，也意味着戏剧内容更加丰富。古代的戏剧由于角色设置简单，具备了很好的自然融合性。随着戏剧人物分工越来越复杂，形成了许多固定的模式，戏剧演出的规范化程度也就越来越高。可以说，戏剧演出的高度规范化，便是中国戏剧最精彩之处。我从这些角色中挑选一二，向读者介绍它们的由来及其流行的情况。

就普通的角色而言，最古老的大概莫过于唐代"参军戏"中的"参军"和"苍鹘"了。这些剧目，大致与我国狂言[2]中的大名[3]和太郎冠者[4]相当吧。李商隐《骄儿诗》云"忽复学参军，按声唤苍鹘"，即是明证。至于演员当时是怎么演绎这个故事的，我们现在已经无从知晓。但我们知道，唐代出现的参军戏，是先秦俳优[5]滑稽表演的

1 南北曲：中国古代戏曲，是南曲与北曲的合称。南曲又称"南词"，北曲又称"北词"，故二者也合称"南北词"。
2 狂言：一种兴起于民间，穿插在能剧剧目之间表演的即兴简短的笑剧。狂言与能剧一样，同属于日本四大古典戏剧。
3 大名：日本狂言中专门用来嘲笑大名与僧侣的剧目。
4 太郎冠者：日本狂言中的人物角色之一。这个角色在狂言剧中主要饰演供人使唤的杂役，但在不同的剧目中，人物性格也各不相同。
5 俳优：古代以乐舞谐戏为业的艺人。出处见《韩非子·难三》："俳优侏儒，固人主之所与燕也。"俳优与相声之间虽然确有相似之处，且存在着一定的渊源关系，但并不能简单画上等号。

衍变和发展。参军，本来是一种官职的名称。相传，后赵时一个身为参军的官员周延贪污了几百匹黄绢。皇帝赦免了他的罪过，却每逢宴会便命俳优扮演他，令人嘲弄。那个扮演周延的演员被称为"参军"，扮演嘲弄角色的演员叫作"苍鹘"。参军装出痴呆愚笨的样子，苍鹘则机智灵活。二人表演以科白为主，一个逗哏，一个捧哏，类似现在的相声。

这个戏剧传说很容易让读者想到当时嘲笑戏弄官员的情形。如果"参军戏"起源的说法是对的，那么，"参军戏"的内容也必然是与这个故事相接近的。据唐代赵璘的散文《因话录》第一卷所记载，后来"参军戏"特别流行。但是，"参军"不局限于演周延的故事，一切假官，皆可演"参军"。赵璘指出："肃宗宴于宫中，女优有弄假官戏，其绿衣秉简者，谓之参军妆。"参军戏之主要角色为"参军"，与之相对应的杂役角色谓之"苍鹘"。这与日本的狂言是何其相似。我们可以想见，那个贪官参军在舞台上被杂役苍鹘戏耍嘲弄的场面，该是多么的滑稽好笑。

嘲弄周延的演员应该是宫廷中的专职演员，那么，他应该具备什么样的资质呢？从这个传说中，我们能够想见演员在这样的宴席上嘲弄有罪官员的言辞、动作以及滑稽的样子。也就是说，那些宫廷的职业演员，也是具备滑稽演员艺术功底的。

《史记》一百二十六卷《滑稽列传》中记载了淳于髡、优孟、优旃、东方朔等以滑稽俳谐[1]而闻名的古代倡优们的故事。在《史

---

1 俳谐：既与滑稽、诙谐的意义相似，又有俚俗媟亵之意，有时候还指称集句、回文等文字游戏的杂体。

记》的记叙中，演出技能方面涉及的倒是很少，只有优孟巧扮孙叔敖一节。它所记载的内容概括起来讲，有以下三个方面：一是倡优[1]们都是身材很矮小的人；二是滑稽多辩，擅长言笑；三是讽谏有度，讲究策略。当我们要采用"滑稽侏儒"这个说法的时候，可以用《史记》中的这三个条件做有力的佐证。当然，按照后来人们的说法，身材矮小也是一种生理上的畸形。据称，这种畸形在滑稽技能方面具有独特的天赋。

有关滑稽侏儒起源的问题，我想，我们仅仅了解这一些是远远不够的。在古人看来，这些矮人都是很神秘的。比如，神话中的"精灵"的体形都是很矮小的。再如，在祭祀时，被用作祭祀对象的神灵的替代物，一般都是童男童女，这也是一个很好的例证。《礼记·曲礼》曰："礼曰：'君子抱孙不抱子。'此言孙可以为王父尸，子不可以为父尸。"意思就是说，祭祖时，孙子可以充当代表祖父的尸（替代物），而儿子则不可。因为一般孙子都是孩子，这同样是出于"童身神圣"的观念。古代的人们通常用童谣来预测凶吉祸福，例子很多，难以一一列举。在中国的古籍中，我们常常能够看到童谣所表现出来的神圣法力，既是出于人们预测凶吉的需要，也清楚地表明了"童身神圣"这个理念深入人心。又如，秦代的徐福率领五百童男童女下东海，为皇帝求取长生不老药。选用童男童女，应该也是出于同样的观念吧。

类似这样的例子，在古代真是举不胜举。而我们要讨论的侏儒，

---

1　倡优：指古代从事歌舞杂戏的艺人。倡，乐人也；优，谐戏者也。先秦时，叫艺人为倡。

按实际年龄来说并不属于儿童，但由于他们身材矮小，便容易融入人们"童体神圣"的观念之中。因此，我们也可以将侏儒当作"巫"的一种来看待。他们所具有的能说会道、善于滑稽俳谐的技能，实际上是源自与"笑"有关的祭祀活动。在《史记》中，可以看到有关语言滑稽方面的记载，而实际上，这些侏儒除了语言滑稽，通常肢体语言也是很滑稽的。并且，他们在讽谏的时候，很讲究技巧性，能够令一国或一城的君王侧耳倾听。这就不是纯粹的滑稽技能了，在它背后隐藏着巨大的神秘能量，闪耀着信仰的灿烂光芒。写进《滑稽列传》中的淳于髡、优孟等，虽然没有涉及"巫"的内容，却也是符合前面所说的三个特征的。我们可以看到，在《滑稽列传》中，滑稽侏儒们已经失去了"巫"的特征，差不多就是普通的人物形象了。我在前面总结出的三条，说的是那些残留"巫"的痕迹的滑稽侏儒的特征。青木正儿博士在他的著作《中国近代戏曲史》中这样写道："余以为，倡优之戏曲乃属正宗，而'巫'戏只应视为旁系，或者'巫'在古代歌舞发展史上，与倡优处于同等重要的地位，自然不可轻视。"不过，对于这个说法，我感觉尚有不足。在远古时期，"巫"与演员之间几乎是没有区别的，或者说演员就是"巫"的一种。之后，"巫"的地位逐渐下降，倡优的地位逐渐上升。因此，如果认为中国古代戏曲当中，"巫"与倡优之间的关系是相互对立的，那么，这种观点就值得商榷了。

那么，滑稽侏儒需具备的演员要素又是什么呢？所谓"演员要素"，主要是指他们矮小的身高被视为"童体神圣"的身体条件，以及他们滑稽利索的语言能力、逗人发笑的技能。之后，这两个要素就向着各自不同的方向，寻求各自发展的道路了。也就是说，前者向着纯粹歌舞的方向发展，而后者则向着纯粹演戏的方向发展了。宋代宫廷里盛行一时的群舞，就是由少儿队与少女队两个部分组成的。据《东京梦华录》[1]记载，少儿队由十二三岁的少年 200 余人组成，少女队由妙龄少女 400 余人组成。这个群舞队之所以能够如此豪华奢丽，是因为它隶属于宋朝的宫廷。当然，这种群舞队起源很早。在这个群舞队中，最使人感兴趣的是"致语"[2]和"口号"[3]。宋代的诗人们亦盛行为群舞队创作致语和口号，在他们的诗集中常常能够看到。"致语"与"口号"虽为两种形式，其实都是戏曲开场诗的一种。一般来说是先吟唱"致语"的篇章，接着再吟唱"口号"的篇章。实际上这就是一种"吉祥话"——语言的力量，来源于人们对于信仰的虔诚。单从这一点来看，可以想见，致语和口号都是起源于远古时期的东西。据《东京梦华录》记载，当时不仅仅有群舞队，还有在民间被称作"水傀儡"[4]的杂艺演出。演出时，首先由"参军色"[5]出来致语引戏。在他念念有词的时候，小舞台的门打开，一叶小舟载着身穿白色戏服的人偶，边垂钓边往外移动。船的甲板上站

---

1 《东京梦华录》：宋代孟元老的笔记体散记文，是一本追述北宋都城东京开封府城市风貌的著作。

2 "致语"：古代宫廷艺人在演出开始时说唱的颂辞。

3 "口号"：古诗标题用语。表示随口吟成，和"口占"相似，后为诗人袭用。如，唐代张说有《十五日夜御前口号踏歌词》二首，李白有《口号吴王美人半醉》，清代秋瑾亦有《风雨口号》、《春暮口号》等。亦指口号诗。

4 "水傀儡"：古代傀儡戏的一种艺术形式。

5 "参军色"：宋代教坊的角色，在宫廷乐舞演出中具有指挥协调职能。

着一位少年，缓缓地摇着木橹。船在舞台上不停地转圈，演员一边唱着口号。最后钓到一条小鱼，船在音乐声中下场。船在小舞台上缓缓移动，木偶在船上晃晃悠悠。就是这样无聊的情节，给人一种很零乱的杂艺演出的印象。但是，在这个演出中，运用了致语和口号的形式，就别有一番情趣。群舞队的致语、口号也是这样，孩子们边玩耍边念着童谣，大致都是一些内容简单的诗。宫廷里的祭祀活动，就得由大诗人们来创作诗词了。少儿、少女组成的群舞队采用这样的形式，有什么样的含义呢？如果我说当年徐福带领童男童女们下东海的梦想没有能够实现，现在却在宋朝的宫廷里开出美丽的花朵，是不是太牵强了呢？这里对群舞队做一个统计，大致情况如下：

少年队：拓枝队、剑器队、婆罗门队、醉胡腾队、诨臣万岁乐队、儿童感圣乐队、玉兔浑脱队、异域朝天队、儿童解红队、射雕回鹘队。

少女队：菩萨蛮队、感化乐队、抛球乐队、佳人剪牡丹队、拂霓裳队、采莲队、菩萨献百花队、彩云仙队、打球乐队、凤迎乐队。

少儿队10组，少女队10组，共计20组。仅仅看这些群舞队的名称，就能知道他们会演西域地区的歌舞，会演佛教方面的歌舞，会演杂艺方面的歌舞，真是一派万紫千红的景象。从这些善舞的长袖中，也能看到植根于古代"童体神圣"观念之中的侏儒的影子，实在是一件令人感到意外的事情。

那么，古代的侏儒作为后来戏剧中的一个演员类型，其变化情况又是怎样的呢？唐代《参军戏》中的"参军"与"苍鹘"两个角色，可能是距离我们最近的例子了。由这两个角色发展而来的滑稽戏，到了宋代的杂剧中，就变成了"副净"与"末净"了。南宋《都城纪胜》[1]这样写道："副净色发乔，副末色打诨。"说的就是这个意思。所谓"发乔"，是说从身休到语言，滑稽演员假装憨愚之态；所谓"打诨"，是说演员在戏曲演出中即兴说笑逗乐，想必这都是宋代人的俗语。王国维《录曲余谈》中记载的称"参军"与"苍鹘"这两个称呼，在宋元以后是怎样发生变化的？我用列表的形式来做出说明：

| 古名 | 《武林旧事》 | 《梦粱录》 | 《辍耕录》 | 《太和正音谱》 | 今名 |
|---|---|---|---|---|---|
| 参军、副靖、竹竿子 | 次净 | 副净 | 副净 | 靓 | 净 |
| 苍鹘 | 副末 | 副末 | 副末 | 副末 | 末 |

上面的"净"与"靓"为同音字，可以将它们看作延续的关系。只是在今名之中，用的是"末"字。我想，还是说丑角更合适一些。而"苍鹘"的角色延续至今，则通常是皮黄戏中的丑角。王国维还说，净角这个名称是由"参军"的读音音变而来的。丑角这个名称，并不是新的称呼。因为在元代的椠本《古今杂剧》三十种当中就有这个名称了，而且，在元代的南戏《张协状元》[2]中也见到过这个名称。说明这个名称的起源是很早的。现在，我们需要弄清楚的问题

---

1 《都城纪胜》：作者不详，署名为耐得翁，成书于 1235 年，皆纪杭州琐事。

2 《张协状元》：中国宋元南戏作品，南宋时温州九山书会才人编撰。这是唯一完整保存下来的南宋戏文，也是中国迄今发现最早、保存最完整的中国古代戏曲剧本。

是，净角或丑角在古代到底是什么样的角色？在元杂剧中出现的净角，大多是市井小人、无赖之徒，与现在京剧中的丑角很接近。同时，"末"是现在所说的"杂角"或者"零碎"之类的跑龙套，也就相当于皮黄戏中的丑角。在现今中国戏剧主流京剧中，净角与丑角又是既相似又不相似的角色。也就是说，净角是画着脸谱的角色，又称"花脸"，表现的是性格刚强的男性。而丑角则是在脸部中央涂上一块白颜色，专门用以表现奸黠而怯弱的小人。他们是完全不同性质的角色，可如果仔细观察这种"完全不同"的净角与丑角的微细之处的话，又会发现它们并非"完全不同"，反而有着向同类发展的趋势。这实在让人不好理解。丑角被称为"三面"，又因为它将脸的中央、鼻子周围涂成白颜色，所以也被称为"花脸"。同时，净角的唱腔，会给那些初次观看中国戏剧的人们留下非常深刻的印象，因为它的唱腔很是清脆亮丽。在所有的戏剧角色中，就数这个角色的唱腔最为动听。唯有我国（日本）相扑比赛时裁判的声调，可以与之相媲美。

要是将丑角与净角的唱腔进行比较的话，差别的确很大。不过，在唱腔的清脆明朗方面，倒也是很相近的。也就是说，要是将丑角脸上画的那块白颜色也看作是"花脸"的话，那就可以将他的唱腔归结到净角的范畴。

如果说净角是以唱功见长的话，那么，丑角就是以念白取胜。丑角一般不唱，主要是道白。并且，现在，丑角的道白说的都是字正腔圆的北京话。可是，净角有时也会像丑角那样，以字正腔圆的北京话念道白。例如，《法门寺》中的刘瑾、《黄金台》中的伊立等，都属于这种情况。从我们举的这些例子可以看出，看似完全不同的角色，其实还是具有很多相同的戏剧要素的。这样一来，或许又会觉得角色之间的界线有些模糊了。不过，要是再看一看《算粮登殿》中魏虎这个角色，他既是丑角，又兼净角，完全没有了角色之间的所谓"界线"。

以上我都是以现代戏剧中的京剧为例来做说明的。我也知道，若是以此来推断古代戏剧史是不够严谨的。但无论是丑角也好，净角也罢，从根本上来说，他们都来自同一个"祖宗"——"参军"、"苍鹘"，可以称之为"一根树干生出的两根枝条"吧。而且，在现代戏剧中依然能够窥见这样的痕迹。我们要是追溯到明代的南戏和元代的杂剧，情况也是同样的。要是从戏剧史来看，有一点一直延续至今，那就是以滑稽为主业的逗乐演员，他们在推动剧情发展方面，实际上起到了起承转合的作用。现代戏剧中的丑角，以纯粹的北京话念道白，也是出于这种需要。恐怕在古代戏剧中相当于丑角的角色，采用的也是大众都能听懂的普通话吧。我想说的是，戏剧的传统告诉我们，在中国戏剧中，滑稽角色是绝不可以轻视的。滑稽角色采用大众熟识的语言，来说明戏剧的发展或是戏剧故事的梗概，这在我国（日本）神乐[1]、间狂言[2]当中也是能够看到的，而且，我们还意外地从中发现了打开表演艺术史秘密的钥匙。

丑角演员如今在舞台上失去了重要地位，而在后台，他们却在

---

1　神乐：日本神道神事中奉献给神而演奏的歌舞。

2　间狂言：日本古老的戏剧形式之一，演出过程中有演员出来介绍故事梗概或是戏剧故事的进展情况。

许多情况下充当着其他演员的指导。例如，萧长华[1]、马富禄[2]等人，他们都是丑角演员，虽然他们都不是剧团的主要演员，可是在后台，他们却比主角更受尊敬，是以其他演员的老师的身份出现的。虽然我在这里列举的萧长华、马富禄等人有一定的偶然性，但我想，滑稽演员作为其他角色演员的老师，应该是古代戏剧史上的一个传统范例。换言之，滑稽演员要具备做其他演员老师的资格，就必须具备过硬的专业素养。所以，刻苦修炼内功，也就成了他们长期职业生涯的一种习惯。他们长期积累赢得的声望，却被人们误以为是偶然的因素。我以为，丑角演员在演艺界名人辈出，难道不是与他们背负的艰辛的"老师"责任有关？

今天的净角、丑角追溯起来，就是唐代的"参军"、"苍鹘"。再往前追溯的话，便是古代的滑稽侏儒。滑稽侏儒本是"巫"的一种，后来逐渐降格为普通人。这就是我以上所叙述的主要内容。那么，他们作为"巫"的一种，最初是秉承什么样的旨意，以什么样的形式举行祭祀仪式的？这又是我们要讨论的另一个问题。正如古代滑稽讥讽戏"参军"、"苍鹘"或者最初的周延传说暗示我们的那样，甲与乙是一种对立的戏弄与被戏弄的关系。假设甲是"善神"，乙就是"恶神"或"精灵"。总而言之，他们并不像现代人被赋予道德的含义，只是从正与邪、明与暗相对立的角度来看待这种现象。

---

1　萧长华：1878—1967 年，祖籍江西新建，生于北京，著名京剧丑行表演艺术家，卓越的戏曲教育家。

2　马富禄：1900—1969 年，京剧演员，北京人。幼年在富连成科班学艺，演丑角，文武兼擅，嗓音清脆，念白流利，身手矫捷。

也就是说，只凭本能的感觉，或者是用对照的方式分别善恶，即是以"神"的代言人身份出现的"巫"，与以"精灵"的代言人身份出现的"巫"之间所展开的戏弄抗争。这样，也就决定了它的表演形式。我们要是将这种农耕时代祭祀的古典模式进行还原的话，可以想见，在古老的传统中，丑角神圣的观念亦是根深蒂固的。由此，我们可以清楚地了解到，滑稽演员也不仅仅是卖笑的滑稽表演，他们是中国戏剧各个角色中的重中之重。

这里，我还想就演员角色再说一句，那就是有关舞台的问题。《诗经》中所说的"灵台"，恐怕就是最早出现的舞台吧。"台"、"榭"这些词汇，都是现代人对舞台的称呼，它的起源必然是与信仰有关的。现存于世的最豪华奢侈的舞台，莫过于承德避暑山庄的戏台、寿宁宫内的戏台和万寿山的颐乐殿这三处。这些戏台都是三层建筑，院子的正面是正殿，左右回廊延展，十分便于看戏。北京前门外的广和楼，亦保存了乾隆年间建筑式样的舞台，但它的舞台突出在观众席中间，舞台的前面有低矮的栏杆。我以为，与这些宫殿或是市井中的剧场相比较，神庙中的戏台才更加鲜明地保持了古代舞台的风味。神庙的戏台一般都建在寺庙的前面，戏台与寺庙之间的空地是用来做观众席的。将门楼当作舞台，或者用砖块垒成一定的高度来做舞台，是后来的人们为了看戏方便而想出的办法。当然，真正的用意也许是在遵循古代"巫"们举行歌舞祭祀时，总是将神圣的地点选择在高处。神庙的舞台，有的有后台[1]，有的没有后台。若是没有固定的后台，表演的时候，就在舞台上选个适当的地

---

1　后台：古代被称为"戏房"。

方拉上帘子，权将帘子的后面当作后台。这种做法自古以来就没有发生过变化。中国演出戏剧的舞台，在左右两边留有演员们上场、下场的通道。左侧为上场的通道，右侧是下场的通道。在元剧当中，这些上下场的通道被称为"鬼门道"，或者"古门"。"鬼门道"这个称呼自古就有。苏轼的诗中有云："搬演古人事，出入鬼门道"，指的应该就是这个吧。由此可见，这里原本也是鬼神的出入口，即是保存了"巫"在舞台上上上下下的原意。

《诗经》中《东门之枌》一章写道："东门[1]之枌[2]，宛丘之栩。子仲[3]之子，婆娑其下。"这里的"婆娑其下"，指的是在陈国的郊野有一大片高平的土地，生长着许多高大的白榆树。在那高高的树下，女巫设置了舞台，举行祭祀活动。也许最原始的戏台，就是这样的露天舞台吧。然而，我们在这首诗中看到了高高的平地、繁茂的树木，以及在这些树木下载歌载舞的演员。如果将这些树木当作神灵的居住地的话，那么，这些树木的枝叶所能覆盖到的地方，就都是神圣的区域了。由此，我们也就明白了戏台的屋顶、柱子以及栏杆的本来含义了，这能够帮助我们加深对这些意味深长诗句的理解。如前所述，过去，中国戏剧的角色都是固定的，十分简洁，并不需要舞台、布景之类，演员的表演也有种种限制。而且，从舞台的整体效果看，并不是一定要将观众带进凝神屏息的沉默世界，反而是要让观众产生无比绚丽的恍惚感和畅达感。如果说艺术的妙处在于

---

1　东门：陈国都城东门。

2　枌：指白榆树。

3　子仲：陈国的姓氏。

缥缈的神韵的话，那至高的艺术便是天马行空般的奔放与自由。也就是说，品味幽玄微妙并不是中国戏剧要传导给观众的主旨思想。假如用文学的语言来形容，它不是我国（日本）俳句所承载的那种象征性的艺术，而相当于中国辞赋所表达的那种叙事诗般的故事吧。

# 武打戏觅踪

　　观看中国戏剧，最令人惊叹不已的就是武打戏。你甚至会怀疑：这真的是在演戏吗？观看中国戏剧，的确是十分美妙的享受，但是，其中的武打戏也会给人留下吵闹和眼花缭乱的印象。这就不得不让人去思考这样一个问题：几乎所有的剧目中，武打戏都不会缺位，都会有那么一两段，这是为什么呢？你要是仅凭这个印象就对中国戏剧说三道四的话，就显得太鲁莽了。因为中国戏剧绝不会把武打戏放在主要位置上。当然，武打戏也确是中国戏剧的重要组成部分，若是无视这一点来评价中国戏剧的话，显然也有失偏颇。我们要是翻阅《元曲选》[1]之后的戏剧集，说某某戏是武打戏，虽然从

---

1 《元曲选》：在众多明人的元曲选本中，《元曲选》是最流行、最为读者接受的。元剧的主要作家和作品都被收罗在《元曲选》内，经过编者的整理校订，科白俱全，最便阅读。

文字上是可以理解的，但要是从构成武打戏的那些片段来看，很难断定那就是纯粹的武打戏。我以为，我们还是应该通过实际的舞台演出，从历史的角度更深层次地进行观察。

现在对于武打戏的称呼一般是"武工"，表演者称为"武行"。表演武工的大多是精通各种角色的专业演员，例如，老生当中的靠把老生[1]，旦角当中的武旦、刀马旦，他们既是老生或者旦角，同时又要表演武工。下面，我来对这个行当的情况做一个归纳。

靠把老生

武小生

武旦：专门从事翻跌对打的武工的演员，不重唱白。

刀马旦：唱白、武工都需要，骑马的男扮女装演员。

武净：分为跌打净、摔打花、脸武花等多种。以上这些角色均有别于"花脸"，同时也有性格上的差异。

武丑：亦称"开口跳"。

上下手：如同日本歌舞伎中的捕手[2]，不需要唱白，专门从事武工的团体演员。

武工的内容可谓复杂至极，可以分为上高、旋子、洋车、旋扫、跳桌、走边、拿大顶、小翻、前后趴伏、收腹等技巧。但这些

---

1　靠把老生：戏曲行当名，属老生行，又称长靠老生。在舞台上，大都扮演需"扎大靠"并靠舞动刀枪把子的武将一类人物，如《定军山》中的黄忠等。

2　捕手：日本歌舞伎演出中的演员角色。

动作的基本功还在于筋斗、旋回和刀枪操法。因此，当我们看武工表演的时候，就像是在看非常出色的轻功、剑术表演。例如，旋扫就是双手支撑地面，身体略微倾斜在地面上，右腿快速、反复地从双手和左腿的位置上扫过。拿大顶就是像《角兵卫狮子》[1]那样，双手撑在地上或物体上，头朝下，两足向上竖起。旋子就是右向左旋转，当左脚向左后方落步时，上身随之向前平俯，向左后方甩腰，借甩动的惯性使身体在空间平旋一周后依次落地。武工的动作常常令观众为他们捏一把汗。他们的动作迅猛奇特而又极其敏捷，连续不断地发生变化，真是令人目不暇接。

上面说到的都是现代京剧中武工的角色及其内容。自古以来，武工的角色与内容虽然发生过许多变迁，但基本的筋斗、旋回和刀枪操法还是保留了下来，长期以来一直是武工的看家本领。我们可以想见，随着时代的变迁，武工的内容必然会发生变化。有人认为，近代的武工，是由于如《施公案》、《彭公案》以及《七侠五义》等取材于清代小说的戏剧流行而发生的变化。（据周贻白《中国戏剧史》）也有人说，武工起源于咸丰同治年代以后。（据《剧学》月刊一卷二期所刊载《墨香谈戏》）由此可知，近代武工的情况十分复杂，说法也是各种各样。相比之下，以往的武工就要简单许多。但武工这个行当，并不是近代才出现的，它在古代的戏剧中就已经存在。李斗在《扬州画舫录》[2]之《新城北录下》卷中写道："凡花部脚

---

1 《角兵卫狮子》：日本电影名称。
2 《扬州画舫录》：清人李斗历时 30 年写就的扬州奇书，被尊为迄今为止最权威最全面的扬州百科全书。

色，以旦丑跳虫¹为重，武小生大花面次之……"所谓"花部"，是相对于"雅部"²而言的，是指除了昆剧以外的诸剧种。所谓"跳虫"说的就是现在的武丑角色。《扬州画舫录》是乾隆年间出版的书籍，显然不会涉及前面所说的武工近代起源说。明代张岱在他的《陶庵梦忆》第六卷中谈到了"目连戏"³，列举了武工的诸多科目，如：度索、舞絙、翻桌、翻梯、筋斗、蜻蜓、蹬碾、蹬臼、跳索、跳圈、窜火、窜剑等十二种。从中我们可以了解到，那时的演员已经掌握了走绳索、跳绳、窜火、窜利刃的技能了。在元曲的分类中，其中就有一类叫作"朴刀棍棒"。另外，在元曲中逐渐出现了战争的题材，在剧本上出现了简单的"战争科"这样的注释。由此可见，武工这个行当自古以来在舞台上就是很活跃的。在《辍耕录》中，有武姓演员筋斗翻得特别好的记载。在杂剧《气英布》的第四折中，有"正末扮探子，执旗打枪背上"这样一段注释。这与今日武工的技法十分相似，可以认为元杂剧中就已经有武工这个行当了。也就是说，武工起源于古代的杂技、杂剧，发展到现在当然有了很大的变化，各种古籍也均有记载。

---

1　跳虫：中国戏剧的角色名称。

2　"雅部"：戏曲名词。清乾隆时期称昆曲为"雅部"，以别于"花部"。清代李斗《扬州画舫录·新城北录下》："两淮盐务，例蓄花、雅两部，以备大戏。雅部即昆山腔，花部为京腔、秦腔、弋阳腔、梆子腔、罗罗腔、二簧调。"

3　"目连戏"：以宗教故事"目莲救母"为题材，保存于民俗活动中的古老剧种，是目前有据可考的第一个剧目，被誉为中国戏曲的"戏祖"。

宋朝的文化中心是汴京与杭州，都市的繁荣充分体现了宋朝的时代特色，同时，也带来了民众娱乐的兴盛。《汴京梦梁记》、《东京梦华录》、《武林旧事》、《都城纪胜》等书籍，是人们在研究宋代文化时经常引用的资料，因为它们如实地描绘了当时都市繁华的盛况。在北宋首府汴京演出的众多杂艺中，属于武打戏范围的主要有球杖、掉刀蛮牌、儿童相扑等；在南宋首府杭州演出的武打戏杂艺，主要有踢弄、顶撞、走绳索、角抵[1]、使棒、打硬、举重、打弹、蹴球、射弩儿、乔相扑[2]等。我们可以想象得到，当时，这些杂艺与说书、唱歌、杂剧，以及傀儡戏、皮影戏、魔术表演等游艺项目一起，共同构成了宋代丰富多彩的民间娱乐活动。而唐代杂艺的景况，我们根据千秋节[3]欢宴的场面，便能略知一二。所谓千秋节，也就是皇帝的生日庆祝活动。在勤政殿前面的大广场上，会举行各种杂艺表演，允许普通民众前来观看。在《新唐书·礼乐志》、《东城老父传》等文献中均有记载。在当时演出的众多杂艺中，属于武艺范围的有以下内容：寻橦、走索、丸剑、角抵、戏马、蹴毬，等等。另外，在舞乐方面还有破阵乐——舞人们身着武装，手持矛枪与盾牌演出，也是具有武艺要素的演出节目。上面提到的"寻橦"，

---

1　角抵：起源于中国战国时代的传统角力游戏，秦汉隋唐均十分盛行。唐代又称相扑，宋元以后，多称相扑、争交。

2　乔相扑：俗称"二贵摔跤"，为单人表演形式，表演者背负一个两人形的木架，呈摔跤架式，着不同颜色的服装，以双腿和双臂扮作两人，做手脚互摔的动作。

3　千秋节：旧时皇帝的诞辰，始自唐玄宗。

是一种在杆子上表演的杂技，正如我们在日本正仓院御物弹弓漆画[1]上所看到的那样，一人头顶杆子，杆子上还绑着横杆，另有数人缘杆而上，攀附在横杆上进行各种动作的表演。也是在这幅漆画上，我们还看到了乐人奏乐。可以断定，这些表演都是有音乐伴奏的。有关千秋节的杂艺表演，幸赖原田淑人以考古学的方法做了阐释。（据《白鸟先生纪念论文集》所刊载的《千秋节宴乐考》）另外，在唐代，还有天竺断手足、剖剔肠胃伎、泼寒胡戏、拔河、吐火吞刀、五方狮子舞等幻术类的表演。再就是被称为"胡旋舞"的球上舞蹈，被称为"倒舞技"的倒立舞蹈，等等。这些表演盛行于都市，说明了杂艺十分繁荣。当然，这些杂艺也并不都是从唐代开始的，如果要追踪溯源的话，在汉代及六朝的文献中就曾经有过详细的记载。汉代张衡的《西京赋》，就在记录象使、蛇使、吞刀吐火等表演节目的同时，描绘了演员在一种被称为"戏车"的花车上翻筋斗的场面。晋代的傅玄在《正都赋》中，也记载了名为"都庐寻橦"的杆上杂艺表演。还能够在他的这部作品中看到跳丸、掷戟、飞剑、舞轮等武艺的名称。遗憾的是，如今我们除了能够看到它们的名称，以及从画像石[2]或零零散散的古画上了解当时杂艺表演的情况外，再无别的途径。当时杂艺的大部分，例如武艺或者准武艺的一些很有意思的东西，我们再也没有机会看到了。这些杂艺表演，动作必须

---

1 漆画：以天然大漆为主要材料的绘画，除漆之外，还用到金、银、铅、锡以及蛋壳、贝壳、石片、木片等。它既是艺术品，又是实用装饰品。

2 画像石：主要是指汉代地下墓室、墓地祠堂、墓阙和庙阙等建筑上雕刻画像的建筑构石。

十分敏捷、果敢、精巧，才能取得惊人的效果。这些杂艺大致可以分为两个大类，既有像走绳索那样的单人表演项目，也有像角抵那样的双人角逐的项目。有的表演如果仅仅从名称上判断，好像是单人的项目，可实际上也许包含着角逐的内容。当然，我们将其分成这样的两类，是就我们所看到的表演本身而言，若是从杂艺的起源来看的话，归根结底就只有一个类型——我给它起个名字，叫作"武艺精神"，这就是贯穿于中国戏剧史的主要精神之一，亦是武工的根本所在。

其实，这些内容都与古代的祭祀活动相关，到了后世，逐渐地就只剩下钓人兴味的功用了。杂艺或武艺，说到底是具有神圣意义的。仅仅从与古代的祭祀活动相关这一点讲，有人或许会认为，古代的人们是想采用表演杂艺的方法给神灵以安慰。对于这一点，我可以毫不犹豫地说，这是后人的主观臆断。首先，从古代人们的信仰来看，他们认为神灵所要庇护的，一定是那些肉体与精神都强健的人类。由此，杂艺就开始盛行起来了。因此，类似角抵那样比力量的表演，在古代人的想法中实际上就是强健的象征。甲将乙征服了，乙将甲征服了，这样的争斗实际上意味着灵魂的争斗。在那样的情况下，谁取得了胜利，谁就成了被神灵庇护的一方，自身的灵魂也就变得强大起来。因此，这样的胜负实际上体现的是神灵的旨意，是正与邪、善与恶的区别。胜者会得到神灵的庇护，这就意味着身体里会有神的分身居住，就成了神的化身；而失败的一方就成了卑污者，自己的灵魂也归获胜一方所有。在《礼记》的《投壶篇》中，记载着被称为"投壶"的竞技比赛。就是向壶中投箭，以决胜负。在投壶竞技中，败者必须受到惩罚。如果竞技的结果是胜者赢了两匹马，败者赢了一匹马的话，不是用二比一的方法来计算，而是败者所赢的那匹马也得归胜者所有，结果就是三比零。这种竞技计算方法，很明显地体现了古代胜者占有败者灵魂的传统。根据《礼记》的记载，这样的竞技活动在古代并非只是简单的游戏，而是体现神的意志的一种形式。箭与壶，在这里便是神器的象征。

武艺开始作为具有竞技性的杂艺之后，出现了以武艺分胜负和纯粹武艺表演这两种类型。如果还要对以上两种类型进行详细阐述的话，能够参与胜负决赛的，一般都是普通人难以企及的高水平武艺。若是没有神灵的保佑，是不可能达到这个水平的。所以，这种已经取得的成就，也可以说是神业的一部分。这个观念一直都是深入人心的。在《礼记·射义》中有这样的叙述："诸侯岁献贡士于天子，天子试之于射宫。其容体比于礼，其节比于乐，而中多者，得与于祭。其容体不比于礼，其节不比于乐，而中少者，不得与于祭。数与于祭而君有庆，数不与于祭而君有让。数有庆而益地，数有让而削地。"同篇中还有这样的说法："天子将祭，必先习射于泽。"这与前面的内容完全一致。对于这种说法的解释是：由于"射"是对邪灵的驱逐，所以必须特别尊敬高明的射手。这已经近乎儒教"合理主义"的理念，很难说它是符合古人初衷的。一般来说，都是从各国的诸侯向天子进贡的士中，选出射击命中率高的参加祭祀活动。这就是说，他们的技术必须精湛，以体现神圣的意味。想有精湛的技能就必须进行训练，并且，这种训练与能否得到神的庇护是联系在一起的。可想而知，为了取得更加优秀的成绩，训练将是多么刻苦与艰辛。在技能训练的意义中，融入了很多信仰的成分，所以平时训练得好不好，直接影响到祭祀时候的成绩表现，这是事关能否得到神灵庇护的重大事情。如果在每次祭祀活动都能取得好的成绩，就会得到神灵更多的庇护。这就是说，在技能训练时，已经完全沉浸在了虔诚又忘我的境界之中。

在古代祭祀仪式当中，既有一个个单独的技能表演节目，也有夹杂在舞蹈节目里的杂艺表演。例如，在傩戏[1]中出现的方相氏[2]，他具有驱鬼驱邪的本领。他表演的舞蹈旋律极其简单，只是手持戈戟不停地摆弄来、摆弄去。《楚辞·九歌·国殇》便是祭祀歌，前十句写的是勇士激战，壮烈牺牲，后八句写的是勇士战死后，成为百鬼之雄。诗中描写他们操着吴地出产的戈、秦地出产的弓，披着犀牛皮制的盔甲，拿着玉嵌饰的鼓槌。他们生是人杰，死为鬼雄。可以想象得出来，演员在表演时，装扮成古代武士的模样，手持戈戟，舞蹈动作当然也以武艺为主。

综上所述，杂艺是与古代祭祀活动密不可分的。并且，杂艺当中与戏剧关系最为深厚的武艺，作为中国戏剧的一种重要技法，一直延续至今，成为中国戏剧史上的经典篇章。现在的京剧已经完全失去了古代武艺的神圣精神，描写战争、征讨、捕妖等情节显得很敷衍，看不到多少真功夫。与旧时相比，舞台上也没有设置专门的道具，显然已经十分简易化。以前在舞台上设置铁棒等道具，武工们利用这些道具演绎寒鸭浮水、顺风旗、挂云、千金坠、纺车、三

---

1　傩戏：中国戏曲剧种，是在民间祭祀仪式基础上吸取民间歌舞、戏剧而形成的一种戏曲形式。

2　方相氏：旧时民间普遍信仰的神祇，为驱疫避邪的神。是周礼规定的司马的下属，最高官阶为下大夫。

见面、打连环、几股荡等技法。现在没有道具，这些技法也就无从展示了。在颐和园颐乐殿的戏台上，房顶的凹处至今还保留着钩环，它似乎在告诉我们，在以前的演出中，空中杂技表演项目还是流行的。但现在已经没有那些道具了。可这并不意味着以武工为核心的武打戏就完全不如以前了。如今，经常上演的昆剧武打戏《林冲夜奔》，是一部取材于《水浒传》的戏剧。说的是"豹子头"林冲一再逃脱高太尉的迫害，最后被逼上梁山的故事。林冲一路与追杀自己的杀手过招，构成了这部戏剧的主题，并没有什么特别曲折的故事情节。取材于《西游记》的《金钱豹》，是一部只有武净的戏。有个名叫金钱豹的妖怪，想将一个叫作邓洪的女子强占为妻，恰巧遇到取经途经那里的三藏师徒。猪八戒变化成那位女子，孙悟空变化成女子的侍女，于是，金钱豹与孙悟空的大战就开始了。可悟空的武艺没有金钱豹厉害，只得败下阵来。悟空驾着云到了天上，请来天兵天将，终于收服了金钱豹。从这部戏的整体来看，也就是孙悟空与金钱豹的争斗而已。无论是《林冲夜奔》也好，还是《金钱豹》也罢，这类武打戏的共同之点是，在描写甲与乙的打斗时，甲乙双方同时在舞台上出现，相互纠缠争斗，甲方或是乙方，总有一方特别勇猛。这样，也就成了一个人的武艺表演，另一方只是充当配角而已。如此，甲方与乙方纠缠打斗，就会使舞台显得特别热闹。轮到单人表演时，一会儿是甲方，一会儿是乙方，二人轮番上场，亮相武艺……武打戏的演出，差不多都是以这样的节奏展开的。要是用电影来表现，通常采用的是"蒙太奇"手法，轮流突出放大某一方的武打动作。如前面所述的那样，在古代的杂艺中，既有竞技性质的，也有单人表演的。那么，观看现代的武打戏，我们应该怎样判别它是属于古代两种形式中的哪一种呢？这只有根据武工的表演才能做出准确的判断。我想，若是仅从舞台表演的效果来看，如今的武打戏还是具有很深的传统继承因素的。

# 鲁迅的文章
## ——从《朝花夕拾》说起

　　按照竹内好[1]的说法,《朝花夕拾》这个散文集子,在鲁迅文学中所占的地位并不太重要。可我通读了它的十篇文章,却觉得这是鲁迅文学中最好理解的作品。它与《华盖集》、《花边文学》,以及后来收入《且介亭杂文》中的那些评论、感想文章不同,以其平稳而流畅的笔致、回忆式的口吻,不知不觉就将读者引入了鲁迅文学的深处。至少,在《朝花夕拾》中我感受不到鲁迅其他文章那样的冷峻、那样不能令人畅快呼吸的晦涩。这就给人带来一个疑问:《朝花夕拾》这个集子里的文章,有些不像鲁迅的风格啊!纵使我们无法登上陡坡道去观望鲁迅文学的绝佳风景,亦可以借助《朝花

---

1　竹内好:1908—1977年,日本文学评论家、中国文学研究家,毕业于东京大学中国文学科,后作为自由职业者专门从事著述活动。

夕拾》这样的缓坡道迂回着向顶峰攀登，也不失为一种选择。当然，这样的做法也算是我们这些人的一种妥协态度吧。既然理解不了鲁迅文学中太深奥的东西，那就只好先从"缓坡"慢慢地往上爬了。在鲁迅的散文之中，能有《朝花夕拾》这样的作品，也不失为一种很大的特色吧。况且，这是他 1926 年至 1927 年，也就是他从北京到厦门的最艰难暗淡时期的作品集。每当想起这些，在那流畅笔致的光影里，他弥漫着卷烟气味的喘息声，仿佛强烈地冲击着我的神经。可见，他这十篇文章，大多是在他长时间苦闷、纷扰，以至于打算出逃的情形下所写的。恰巧，那时铃木三重吉[1]也处于极度的神经衰弱中，笔致缥缈地写下了《千鸟》。他们似乎都是这样自然而然地完成了自己的作品，这不能不引起我们的关注。不过，《朝花夕拾》果真就是因为逃避现实而写作的一本书吗？即便鲁迅当时确实有逃避现实的想法，但《朝花夕拾》所产生的社会效果远远不仅于此。我们阅读一个纯情的作家追忆自己少年时代往事的时候，会感觉到种种别样的情趣。我想，鲁迅在当时那样暗淡苦闷的处境中，又何尝不是借用回忆录的形式来更好地表现自己？至少，这也是他写作《朝花夕拾》诸散文的一个主要的理由吧。毋庸置疑，苦闷的阴影会屡屡抹杀人的个性特征，以至最后世上的人都成了同一个模样。每逢此时，聪明的灵魂只求在黑暗中能有一点光亮可以凝视自己。值得我们关注的是，那些具有纯抒情气质的文学家所写的纯粹的回忆录，与那些具有特殊气质的回忆录，差不多也都

---

1 铃木三重吉：1882—1936 年，出生于广岛县广岛市，小说家、儿童文学家，被称为"日本儿童文化运动之父"。

是在这样的情况下诞生的。所不同的是，纯粹的回忆录大多采用甘美而华丽的文体，而后者则是将注意力集中在自己的身上，其文体也就显得清丽而透明。

《朝花夕拾》中的散文也不过只是借了回忆录的形式，真正要表达的还是难以表述的客观事实。《父亲的病》是一篇很有影响力的文章。在文章的最后，衍太太来到病房，将那个符咒烧成灰的小纸包塞在父亲的手心里，让少年鲁迅大声地呼喊"爸爸"。对此，鲁迅这样写道："我现在还听到那时的自己的声音。每听到时，就觉得这却是我对于父亲的最大的错处。"

少年鲁迅依照衍太太的吩咐，连续大声地呼喊着父亲。这件事是不是使他后来感到特别的悔恨，悔恨自己搅乱了父亲临终时的安宁？当然，仅仅读这一两行文字是难以理解的，至少也得把衍太太出场后的全文都引用上来，读者才能明白故事的原委。然而，哪怕就是从最后的这一小节，我们也能窥见作者强烈的自我反省精神。在此，已经不允许人们沉溺于虚妄之中，唯有严肃的批判精神才是最真实的。当然，这种批判与那些不关痛痒的肤浅的批判是完全不同的。冷眼一看，那就如同冰一般冷酷，可你要是哪怕只用一根指头去触碰一下的话，就会感受到一种能够焚毁一切的火焰般的炙热，那是一种燃烧着的世间真情。

还是让我们再来读一读那篇名扬四海的《藤野先生》的结尾："只有他的照相至今还挂在我北京寓居的东墙上，书桌对面。每当夜间困倦，正想偷懒时，仰面在灯光中瞥见他黑瘦的面貌，似乎正要说出抑扬顿挫的话来，便使我忽又良心发现，而且增加勇气了。"

一般来说，文章写到这里便可以结束了，并没有丝毫的缺陷。但是，鲁迅在这里又加了一笔，接着写道："于是点上一枝烟，再继续写些为'正人君子'之流所深恶痛疾的文字。"每每读到此处，我的眼前就仿佛又出现了青烟袅袅的书桌旁，鲁迅正在奋笔疾书的鲜明而生动的画面。由此，呈现在我们面前的是他三个方面的人物形象，即作品故事中的他的人物形象、作为作家的人物形象，而更加真切的，还要数现实生活中，他本身那有血有肉的人物形象。相对于作品中的人物形象而言，作为作家的那个人物形象给读者留下的印象就显得有些抽象。而"点上一枝烟"奋笔疾书的他，却是一个仿佛可以看到表情、听到声音的更加鲜明而生动的人物形象。虽然，我们说他呈现给读者的是三个方面的人物形象，实则是三位一体的。就这一点而言，《藤野先生》这篇文章告诉我们，一个鲁迅实际上是由三个方面的人格所组成的，是很有意思的"三位一体"。通过对鲁迅"第三种"人格的分析，能够更加清楚地揭示他生活态度上的客观性。

他的《范爱农》、《五猖会》等文章就没有什么特别的用意了，淡然而柔和的笔致，乍一看，就如同一幅令人爱不释手的水彩画。在这些文章中，他完全摒弃了带有感情色彩的委婉写法，而是以光谱仪般的敏锐，深刻剖析自己在对待以往事件与人物方面所持有的态度与感情，表达了对旧民主主义革命的失望、对挚友的同情和悼念，以及对封建教育的批判。其中，《无常》一文取材于民间传说，是一篇民俗学方面的随笔文章，可他的写作手法却与人们常见的民间传说故事不同。与其说作者是在绘声绘色地讲述一个民间传说故事，倒不如说他是在用自己的笔，剖析这些传说之所以能够在民间长久流传的大众心理。而就这一点来说，柳田国男[1]氏的文章只能给人们一些似是而非的东西，而事实却要冷峻严酷得多。当然，其中也不乏读来令人赏心悦目的故事。可见，要想写好这类文章也并非轻而易举的事情：要是题材处理得不好，就会失去作者原本想要表达的主题思想；而要是一旦过于拘泥于民间传说的故事格局，又可能落入单纯纪实故事的俗套。鲁迅的文章之所以能够脱颖而出，主要源自他那坚忍不拔的文学精神。从他的一篇文章中，我们能读懂他那直面人生的生活态度。

有时，我觉得鲁迅的文章偏重于发表主观的感想与评论，而在读过他的《无常》、《阿长与山海经》、《二十四孝图》等文章之后，就会感觉到他的文章亦是充满着朴实的人间观察的。我在这里用了"朴实的人间观察"这样一个词汇，要表达的绝不是"单纯"这一层意思，更多的是想说他的文章率真，不加虚饰，并且始终都怀着善意。鲁迅《朝花夕拾》集子中的多篇文章，在借用回忆录形式进行自我表现的同时，坚决杜绝纯抒情式的甜美与陶醉。关于这一点，我在前面已经说过。尽管如此，并没有影响他文章中洋溢着的善意。而那些险恶、冷酷、揶揄的笔法，应该是口是心非的动机的表达方式吧。

说到鲁迅写作技巧，我们分析他的文章就能得出很明确的结论。在这里，我们不可能对他的每篇文章都做分析，那未免显得过于烦琐，就让我们以《五猖会》这篇比较短小的文章为例吧。

---

1　柳田国男：1875—1962年，日本民俗学研究者。

《五猖会》全文共计 1790 个词语（这里将字与词语相等同），共有 64 个句子（这里是按照全句结束的句号来计算的，中间的冒号或者逗号等不作为完整的句子来计算），因此，每个句子平均有 27 个词语。在中国近代的文章中，这种句子绝对不算长，只能算是正常甚至属于短句。当然，我们也并不能光看句子的字数多少，必须综合文章各个方面来考虑，才能充分地揭示这篇文章的特点。那么，我们就再来看看文章中否定语的运用情况吧。在全文的 1790 个词语中，否定词语有 22 个，只占 0.012%。在汉语当中，除了用来表示单纯否定意思的否定词外，还常常会遇见那些表示否定的复合动词。根据我既往的经验，出现较多这类词语的文章，一般来说节奏就会变得冗长。而在鲁迅的文章中，这类表示否定的复合动词非常少。在《五猖会》这篇文章中，只有"背不出"这一个词语。否定型复合动词用得少，也就意味着肯定型复合动词少，全文当中没有出现三个字一组的肯定型复合动词。否定型复合动词当然也包括否定之否定的形式，即双重否定的形式。这就是说，鲁迅这篇文章中所出现的否定词语，几乎都属于纯否定形态的词语。不仅几乎没有出现否定的复合动词，就连表示意义上否定的"反语"也没有见到。带有副词的否定语，例如"并没有"、"都没有"、"并非"，"并无"等，各自也只出现过一次。固定的否定词形，例如"不过是"、"不像"、"不肯"等，也都只出现过一次。剩下的就都是平常用于单纯否定的"不"、"无"、"非"、"没有"等词语了。现在，我就《五猖会》之外的几篇文章，对它们开头部分大约 180 个词语做简要分析：

| 序号 | 篇名 | 词语数量 | 句子数量 | 否定词语数量 |
|---|---|---|---|---|
| 1 | 《狗·猫·鼠》 | 174 | 7 | 6 |
| 2 | 《阿长与山海经》 | 187 | 7 | 6 |
| 3 | 《二十四孝图》 | 183 | 5 | 2 |
| 4 | 《无常》 | 168 | 4 | 4 |
| 5 | 《从百草园到三味书屋》 | 177 | 5 | 3 |
| 6 | 《父亲的病》 | 187 | 8 | 3 |
| 7 | 《琐记》 | 182 | 5 | 3 |
| 8 | 《藤野先生》 | 163 | 4 | 3 |
| 9 | 《范爱农》 | 175 | 6 | 1 |

也就是说，《狗·猫·鼠》与《阿长与山海经》两篇文章用的否定词数量是最多的。如果我们深入探究一下《狗·猫·鼠》与《阿长与山海经》这两篇文章的话，前者"不好惹"这个词语用过两次，并且是带着引号的，而后者在同一个动词"是"上加上否定词"不"，竟达三次之多。其他各篇基本上都属于正常范围。再就是句子的数量，达到 4 或者 5 的文章，否定词语的数量在 3—4 个。从句子的数量上来分析，似乎显得多了些。不过，如前面所述，是因为我们取的是以"句号"为标志的完整的句子，才得出这样的结果，实际上句子的数量还远远不止这些。所以，文章的词语数量与否定词语的比例也是偏低的。

除了否定词形，要是认真分析鲁迅在其他方面的表达形式，也能够了解到他文章的直率性。比如，我们来看连词。在《五猖会》中，出现了"就"、"就是"、"也"、"虽然"、"而且"、"却"、"因为"、"然而"等连词。其中，"而且"出现过 4 次，"因为"、"然而"出现过 5 次，"虽然"只出现过 2 次。周作人的文章特别喜欢用"虽然"这个连词。此外，他的文章中还经常能见到如"但"、"但是"、

"便"、"便是"、"于是"、"只因"这些连词，但在鲁迅的文章中却很少出现，《五猖会》中一次都没有用过。我们来看看这些连词在文章中所起的作用。鲁迅的用法是，将上句的意思很自然地过渡到下句时，选用相应的词语，所以，选用"便"或"便是"再恰当不过了。而如果在行文中产生思考的飞跃、独断、强行下结论的情况下，就会接连不断地使用连词。这种情况，有时是出于偏执，甚至是心术不端。

在《五猖会》全文中，使役语法例如"教我……"，只使用了一次。类似联想动词的"仿佛"使用了两次，可以说用得都不算多。如此，我们通过从语法方面对鲁迅的文章分析，可以得出这样的结论：鲁迅的文章没有虚饰，表现出了他率真的性情与坚韧的力量，恰好与那些浮华、佞邪、迂回、迷离的坏习气形成鲜明的对比。

我们再来看看色彩词的使用，鲁迅文章中出现得很少。在《五猖会》中，有八处使用了色彩词，其中还有五处是引用的《水浒传》的内容。要是将这些除掉的话，就只剩下三处了。纵观《朝花夕拾》全书，在《无常》一文的 168 个词语中有 6 处，在《从百草园到三味书屋》一文的 177 个词语中有 5 处，在《二十四孝图》一文的 183 个词语中有 5 处。从这个比例来看，色彩词的用量并不多。诚然，文章中要是过多使用色彩词，无疑会令人觉得作者性情的浮华与轻率。但是，就鲁迅来说，他是排斥矫情虚饰的。有足够的证据表明，他不会堆砌许多色彩词语，去写类似邓南遮[1]或是《文选》中的那些辞赋文章。

---

1 邓南遮：1863—1936 年，意大利诗人。

我知道，仅凭一册《朝花夕拾》，就对鲁迅的文章进行评论是不合适的。不仅如此，如果仅仅根据这本书，就对鲁迅的文章下结论的话，有失严谨。然而，乍一看觉得带有抒情风格的《朝花夕拾》的文章，也未必就等同于世间一般的抒情散文。也就是说，让我们先丢开华美的文体，来触及一下鲁迅性情的一角。我就是本着这样的想法，才决定写这个题目的。如果将来还有机会的话，我将对鲁迅各个时代的著作进行梳理，深入探究其渊源，从整体上确立鲁迅的文体论。

**附记**

我写完这篇文章后，为了慎重起见，又翻阅了鲁迅的《呐喊》、《华盖集》、《故事新编》等著作。诚然，随着时代的变迁，鲁迅的性情发生着一些变化，但是，从他的文章的形式来分析，这些变化并不是颠覆性的。因而，我有一种释然的快感。同时，鲁迅的难懂并不在于他的词汇和语法，而在于我内心的浑浊与他澄明的性情相碰撞，使我生出了羞明畏光的感觉。我想，假使我不能像他爱中国人民那样地爱日本人民，我就不能像他那样认真地去思考人生。

有关文体的研究，说到底，如果还存在着"Le style c'est l'homme"[1] 的话，哪轮到我对鲁迅的文体说三道四？鲁迅是一位令我辈高山仰止的文学家，在我感到炫目与羞明的时候，若是勉强地睁开眼睛去仰望太阳的话，必定会灼伤自己的眼睛。如同太阳一般光芒四射的鲁迅，肯定是我这般渺小的人物所难以辨析的。正因为这

---

1　"Le style c'est l'homme"：中文意思是"这是我的风格"。

样，当我深入思考了初步探索鲁迅文章的过程之后，才发现，其实我对鲁迅一无所知。从这个意义上讲，我觉得自己的确没有评论鲁迅文章、文体的资格。

# 花落幽径

## ——记唐代的女诗人们


屡屡被世人比作艳若牡丹花的跨越三个世纪的唐代所迸发出来的激情，不仅仅是当时世界的一个奇迹，即使是在人类历史上也是空前盛举。我想，只要略微关注一下当时的艺术与文学盛况，是绝对不会有人对此提出异议的。准确地说，能够充分表达一个时代激情的，莫过于它的文学了。一般来说，我们借助于文学，就能够触摸到那个时代的生活感情，就能够了解那个时代的文化生态。可以说，唐代文学丰丽宏大，恰如一座壮美的宏伟宫殿，无论是从远处眺望它的整体结构，还是深入内部玩赏它的精巧细节，除了惊叹不已，我们再无别的言辞。唐朝诗人们所创造的奇迹，可以说是前朝难觅、后世难寻。如同在春风荡漾的田野上，远望绚烂的花儿渐次开放。诗，就这样华美地铺展在了人们的眼前……当然，并不是先有诗情，才有了唐代人们的生活。因为唐代生活富足，这才促进了

154

唐代诗情的萌发；而人们迷恋于诗情，陶醉于诗情，进而使得现实的生活更加安定祥乐。应该说，钟情于浪漫的精神享受，是这个世上最稀缺的美好情感。

文学史将唐代分为初唐、盛唐、中唐与晚唐四个时期，与之相对应的诗人就有数十上百位。假如要为他们列传，探究他们诗的风格，将是一个十分浩大的工程，是需要耗费很多笔墨的。当然，这并不意味着做这件事情就没有意义。我们通过深入而详尽的研究，可以了解和明确一个乃至众多的诗人的业绩，这无疑是一件十分必要且令人喜悦的事情。但对于那个充满热情的时代的细微之处，就像我们现在这样走马观花般一瞥而过，所能够得到的也就是一鳞半爪而已。这就像一个在大花园里寻花探春的人，突然，发现了一条通往后院的幽径，看到了浓密树荫下盛开着的鲜花，春天的暖风扑面而来，心中即刻便有了春深几许的敏锐感觉，哪怕这只是自己的一次偶然发现，但在心中留下的印象却是极其鲜明的。

唐代洋溢着的浪漫诗情的华美，有时也会呈现在人们走过月光下被素色鲜花覆盖的小径时所产生的突发奇想之中。或者说，这也正是我要在本文中向读者介绍两位唐代女诗人的用意所在。

其中的一位是薛涛[1]。在短篇小说集《今古奇观》中，就有这位女诗人的故事。如果你熟悉法国作家特奥菲尔·戈蒂埃[2]的话，一定

---

1　薛涛：约 768—823 年，字洪度，长安（今陕西西安）人，是一位带有传奇色彩的唐代女诗人。
2　特奥菲尔·戈蒂埃：1811—1872 年，法国 19 世纪重要的诗人、小说家、戏剧家和文艺批评家。

会喜欢他那些充满美丽幻想的作品。而薛涛的作品风格似乎就与特奥菲尔·戈蒂埃的不谋而合。关于薛涛的故事，佐藤春夫曾经向日本读者做过介绍，想必读过这本书的人一定不少。

薛涛的一生，可谓是平淡无奇、波澜不惊。可以说，她的生活是极其平凡的。但是，从一些古籍记载以及她现存的少量诗作来看，她却是一个充满幻想色彩的诗人。这就有些令人费解。那种幻想的意念，就像泉水一样，潺潺流进她的心底。我曾经读过少量有关她生活的资料，以及她留存后世的仅有的一卷诗作。但就是这么少的文献资料，也告诉我们，幻想的因子是怎样在她的精神世界里自由地畅游，是怎样成为她展示蓬勃生命力的源泉的。我们可以看到，薛涛激情的植根之所，便是唐代浪漫的精神家园。

据传，薛涛字洪度，出生于唐元和年间，长安人。其父名郧，是个官员，不知遇到了什么麻烦，流寓到了蜀地。薛涛的一生都是在蜀地度过的，从来没有离开过。

有关她年幼时候的情况，曾经有过这样一个传说。说她八九岁时，父亲指着井台边的梧桐树咏诗道："庭除一古桐，干耸入云中。"命她续作下句。薛涛应声道："枝迎南北鸟，叶送往来风。"因此而深得父亲的赏识。

父亲死后，她独自守着母亲，一直过着很冷清的生活。经过一段时间的磨炼，她的诗才有了很大进步，"女诗人"的文名日益隆盛。可在经济上，她这种单纯的诗人身份使得生活无以为继。于是她加入妓籍[1]，从此她的诗名开始在世上流传开来。韦皋[2]时任蜀地节度使，薛涛深得韦大将军的青睐，史称"薛校书"。由于她是妓籍，因而与自韦皋至李裕德等历代十一任节度使相熟识，且得以与前往蜀地游览的诗文名流交往、唱和。她与元稹、令狐楚、刘禹锡、牛僧孺、白居易、严绶、裴度等人相识，均是在她以诗妓成名之后。其中，她与元稹的交情笃厚，有他们相互赠答的诗作为证。

薛涛居住在成都的浣花溪。浣花溪曾经是杜子美的寓所，原就是一处与唐诗的有缘之所。这里的人们曾经取溪水制作"十色彩笺"，诗人们称之为"十样变笺"。薛涛受之启发，创制了松花笺与深红色的小便笺，人称"薛涛笺"，颇负盛名于一时。当然，这与她众口交誉的诗名是分不开的。

薛涛的口才也很好，还特别钟情于菖蒲花。元稹在给她的赠诗中有"别后相思隔烟水，菖蒲花发五云高"一句，指的就是这个。我以为，深紫色的菖蒲花伫立在风中的影姿，是与薛涛的气质很相称的。

若是要问我欣赏薛涛的哪些诗作的话，可以这样说，除了那些在男性诗人作品中常见的工整对仗的律诗，我更喜欢的是她那诗情楚楚的绝句和古体的短诗。对仗句子的妙趣，在于运用古诗基本原

---

1　妓籍：指古代入乐籍的妓女。宋代吴曾有《能改斋漫录·记诗》："而妓籍中有小鬟妓，尚幼，公颇属意。"《宋史·杨简传》："杨简知温州，移文首罢妓籍，尊敬贤士。"

2　韦皋：746—805年，字城武，京兆万年（陕西西安）人，唐代中期名臣、诗人。韦皋在蜀地二十一年，和南诏，拒吐蕃，史称"其功烈为西南剧"。

理的智慧，比如像杜子美那样伟大的头脑，在按照五七律或是五七言构思句子对仗的时候，就会激发出自己澎湃的诗情，展现出金镂玉雕的天才。而在薛涛所热衷的浪漫诗情中，全然没有这些，她展现在读者面前的是自由短诗那种流畅的神韵。她写过一首题为《鸳鸯草[1]》的五言诗，我暂且抄录下来：

绿英满香砌，
两两鸳鸯少。
但娱春日长，
不管秋风早。

这里描述的是晚春景象。院子台阶的周围，开满了两两一对的细小的鸳鸯草花，它们是熬不到秋天的，趁着春天的光景尽情地开放吧，何必去管秋风来得早还是来得迟呢？这样的小诗，在薛涛的诗集中，我最爱诵读的还有《春望词》四首。

（一）
花开不同赏，花落不同悲。
欲问相思处，花开花落时。
（二）
揽草结同心，将以遗知音。
春愁正断绝，春鸟复哀吟。

---

1 鸳鸯草：金银花的别名，又名金银藤、鸳鸯藤或双花，忍冬科半常绿缠绕灌木，花开雪白，后变金黄，两色同时缀于枝上而得名。

（三）

风花日将老，佳期犹渺渺。

不结同心人，空结同心草。

（四）

那堪花满枝，翻作两相思。

玉箸垂朝镜，春风知不知。

相传薛涛是七十二岁去世的，可我翻阅《全唐诗》中的人物小传，却说她是七十五岁辞世。总而言之都是高寿。她的墓地在成都的东门外，桃花盛开的时候，恰巧与她设计的诗笺相同颜色的花瓣，纷纷飘落在她的坟茔上，如同染上了一片嫣红的色彩。那是后话了。同时代的诗人郑谷[1]在《蜀中三首》中曾写道："却共海棠花有约，数年留滞不归人。渚远江清碧簟纹，小桃花绕薛涛坟。"在《今古奇观》这本幻想主义作品中，也有围绕薛涛坟墓而展开的故事情节。她没有什么波澜起伏的人生故事，算不得大诗人，也不是值得文学史特别一提的人物。然而，围绕着她的一切声音与光彩，却是唐代哀怨诗情的极好表述。我们也通过她那些简朴的诗句，观察到了元稹这位大诗人的另一个侧面。

与薛涛平凡无奇的一生相比，唐代的另一个女诗人鱼玄机短暂的一生，则可称波澜起伏。要是读过森鸥外的短篇小说《鱼玄机》，

---

1　郑谷：约851—910年，字守愚，江西宜春市袁州区人，唐朝末期著名诗人。僖宗时举进士，官都官郎中，人称"郑都官"；又以《鹧鸪诗》得名，人称"郑鹧鸪"。其诗多写景咏物之作，表现士大夫的闲情逸致。

即使不太清楚故事的情节，但鱼玄机这个名字也是应该记得的。

　　鱼玄机出生在长安，字幼微，别字薰兰。在瞿中溶[1]的诗中这样写道："女郎长安人，生长在良家，面色润如玉。"由此，我们得以知道她是出生在都市、生长在良家的美丽姑娘。唐代咸通年间，鱼玄机已是十七八岁的大姑娘，文才一流，她的诗才与美貌家喻户晓。后来，她嫁与李亿做小妾，由于遭到夫人的嫉妒，导致与李亿关系破裂，她便入了咸宜观，当了女道士。这些事情的发生，都与她婚姻的不幸密切相关。当了女道士之后，鱼玄机倒是有了更多机会接触男性，其中就有温庭筠、李郢、李近仁等人，尤其是与温庭筠的交往更是频繁。据推测，他们之间更多的是诗友之间以切磋诗作为主的交往，似乎很少涉及爱情的话题。而她在诗集中频频与李子安、李近仁、李郢等唱和，都显示出他们之间深厚的爱情关系。就这一点而言，她自己的诗就是很好的证明。试以她的《迎李近仁员外》一诗为例：

　　　　今日喜时闻喜鹊，昨宵灯下拜灯花。
　　　　焚香出户迎潘岳，不羡牵牛织女家。

　　诗中的"喜鹊"是报喜的征兆，而"灯花"结子也同样表达的是作者喜悦的心情。潘岳是晋代的美男子，是她心中的情郎，牛郎织女也是民间传说中的爱情故事。这首诗的前两句写喜兆，这是民

<hr />

1　瞿中溶：1769—1842 年，字木夫，上海嘉定人，篆刻家、书画家，兼通医。博览群籍，尤精金石考据。当时金石爱好者无不慕名与其结交，共作考证辨析。

间习俗；第三句写诗人出门迎接情人；尾句是说不愿分离，期盼与情人长相厮守。她在《赠邻女》一诗中"易求无价宝，难得有心郎"二句，则完全泄露了她奔放的内心世界。生活在道观中的鱼玄机，内心燃烧着如此炽热的情欲，是违背戒律清规的。作为一个道士，应该清心寡欲，应该严守如同清澈泉水般的道门清规。例如，她在"丛篁堪作伴，片石好为俦"（摘自《遣怀》）、"暖炉留煮药，邻院为煎茶"（摘自《访赵炼师不遇》）等诗句中表露的就是这样的一种心境。所以，她处于这样的一种矛盾苦恼的境地，要想完全平静地掩饰也是不可能的。鱼玄机有一个贴身侍婢绿翘，天资聪颖，面容姣好，深得鱼玄机的信任。 可是有一天，鱼玄机无意中发现了绿翘与自己的恋人陈韪有染，一怒之下，误杀了绿翘，将尸体悄悄地埋在了后花园中。一天，有人突然进了后花园，发现许多苍蝇围聚在一个地方，并且有腥臭的味道飘散在空气中。此人回家后，便将种种疑点说与家人。家仆中有一人的弟弟在官衙当差，而这个男人曾经对鱼玄机怀有怨恨，因此，鱼玄机杀害绿翘这件事很快便公之于天下。经京兆府尹温璋调查，鱼玄机被处以斩刑。森鸥外作品曾经写过绿翘的故事，而其细节除了皇甫枚的《三水小牍》中有过记载外，其他书籍中并未见过。因此，要想辨别这件事情的真伪，确实是很困难的。可如果这个结局是假的，那么，类似的不幸怎么会突然降临到鱼玄机的身上？我想，人们从她放荡不羁的生活状态亦是能够预见得到她的结局的。

# 《金瓶梅》备忘录

　　《金瓶梅》这本书是什么时候传入日本的？记得在宽政 [1] 三年十一月，由风月庄左卫门书店印刷出版的《小说字汇 [2]》，卷首印有160种外国小说的目录，其中就有《金瓶梅》。由此可以断定，就在《小说字汇》付梓之际，经由长崎传入日本的《金瓶梅》，已经放在了中国小说爱好者的案头。《小说字汇》的编者署名"秋水园主人"，具体是谁，已经无从考据。该书的序言注明的日期为天明 [3] 甲辰孟春。所谓"天明甲辰"，是指天明四年，也就是中国的乾隆四十九年（1784 年）。当然，当时传入日本的到底是哪个版本，出版物上也没

---

1　宽政：日本天皇年号之一，指 1789—1800 年光格天皇时期。
2　字汇：字典一类的工具书。
3　天明：日本天皇年号之一，1781—1789 年，在安永之后，宽政之前。

有明确的注释。但从《小说字汇》卷首所刊载的趣谈、《寓意说》[1]、《竹坡闲话》[2]等来推测,应该就是皋鹤堂[3]批评的通行版本吧。因此,在曲亭马琴[4]的"蓝本"出现之前,《金瓶梅》虽然已经在日本流传了很长时间,但我想,读过这本书的人一定不会多。因为在中国的旧小说中,《金瓶梅》是最难懂的。它与《水浒传》、《三国演义》不同,其中有许多山东方言,有较多的隐语、民谚等,还有关于市井风俗的种种难解的词汇。如今,有个叫作姚灵犀的人,为读者阅读《金瓶梅》而专门编写了一本名为《瓶外卮言》的词典,其实也帮不了多少忙。姚灵犀本人就有大量弄不懂、说不清的词语,让我们读他的书,简直就是一种折磨。在阅读过《金瓶梅》的读者中,或许有人用古人"不求甚解"的方法粗粗阅读,或者是一些具有特殊背景的读者来解读它,但无论怎样,读者也不会像读《水浒传》或《三国演义》那样对其感到亲切自然。人们单从书名上就能判断出《金瓶梅》是一部淫秽的书籍,虽说它被列为明代"四大奇书"之一,但在读这部书的时候,总还是想尽量避开他人。

《金瓶梅》的成书年代与《水浒传》相同,它所描写的故事却发生在明代,讲的是明代的人情风俗。作者避开一切虚幻的文字,犀利的笔锋直指现实社会,其勇气不得不令人叹服。《金瓶梅》前

1 《寓意说》:清代张竹坡著,论述《金瓶梅》的文章。
2 《竹坡闲话》:清代张竹坡著,论述《金瓶梅》的文章。
3 皋鹤堂:即《皋鹤堂批评第一奇书金瓶梅》校注本,以清康熙年间张竹坡评点乙种本为底本,加以精细校勘。整理标点,对难懂词语加以注释,以帮助读者读懂读通,了解主要版本的异同。
4 曲亭马琴:1767—1848 年,日本江户时代后期的读本作者。

半部分所写的内容，基本上就是《水浒传》中出现过的西门庆与潘金莲的故事。增加了西门庆与潘金莲的侍女春梅、邻家的寡妇李瓶儿等人物。并且像是化学变化一样，派生出众多令人眼花缭乱的女性人物点缀其间。金莲原是卖炊饼的武大郎的老婆，爱上了武大的弟弟武松。遭到武松的拒绝后，与西门庆合伙谋杀了亲夫武大，嫁给西门庆做了小妾。这些故事情节与《水浒传》如出一辙。后来，金莲由于嫉妒小妾李瓶儿生了儿子官哥儿，竟起意要逼死李瓶儿。潘金莲利用雪狮子猫将官哥儿惊唬成疾，不治而亡。李瓶儿因之深受打击，精神、身体都走向崩溃，最终也一命呜呼。西门庆也沉迷于金莲无底的淫欲之中不知节制，以致一夜殒命。西门庆死后，金莲、春梅与西门庆的女婿陈敬济结成了新的三角关系。亡夫武大的弟弟武松为兄复仇，杀死了金莲。至此，除了春梅以外，其他的主要角色都魂归西天。所以，连接这个故事前半部分与后半部分的人物，就剩下春梅一个人了。然而，前后两部分的春梅虽说性情依然，可就如同日本歌舞伎表演的通狂言一样，编撰了新的故事情节，使得前后失去了连贯性。虽然，后来春梅成了周守备的妻子，并且生有一子，但她依然与陈敬济保持着私通关系。由于征讨宋江有功，周守备升任济南兵马制置使[1]，陈敬济升任济南兵马参谋。就在这个时期，作者将春梅的故事写到了极致。春梅悄悄地与周家家奴之子周义结成两性关系，因荒淫无度而身亡。根据当时的社会背景，作者写了金兵入侵造成天下大乱，骚乱带来了流离失所，流离失所又会导致许多偶然事件的发生。《金瓶梅》这部长篇小说的结

---

1　兵马制置使：军职，相当于现在的军区司令员。

尾，是西门庆的妻子吴月娘带着西门庆的遗孤孝哥儿为避清河之难而逃往济南，在逃亡途中遇到了普净和尚，便让孝哥儿剃度出家当了和尚。

毋庸置疑，《金瓶梅》这部小说的主题就是围绕人世间的性欲展开的。但是，这部书的初衷并非就是为了写一部淫书。对于这一点，只要通读过这部小说就会十分清楚。张竹坡虽然在他的评论中一再强调《金瓶梅》绝对不是一部淫书，我却深感他是多此一举。我们在阅读这部小说的时候，最感兴趣的就是作者将人的脆弱、人的卑怯，以及人的自我放纵不加粉饰地全盘托出。类似这样的例子，在文学作品中是很难得见到的。这部小说在创作思路上，既不遵循道学先生的安逸的标准，也没有像一般秘籍小说作者那样，戏弄般地一层层打开秘籍图卷，满足读者的低级趣味。通览全篇，我们感受到的就是作者率真的态度。并且，作者选取十分巧妙的话题，用心良苦地设置场景，来表达自己率真的态度。这部小说采用超越性欲描写的手法，引起人们的广泛关注，也在更深的程度上在我们的面前展开了小说世界的精彩。作者为了更加淋漓尽致地揭露人世间的可憎面目，不得不在情节设计上插入被人们误以为是淫书的欢情秘戏。作者以强烈的否定手法来表达自己率真的内心世界，以兴趣本位的创作技巧来寄托自己积极的人生态度……每当想到这些，我们的眼前就会浮现出作者痛苦得近乎扭曲的面孔。在中国的木偶戏中，表演艺人从箱子里一个接着一个地往外拿木偶，向观众展现喜怒哀乐的故事，然后又手法纯熟地将木偶一个接一个地收进箱子里。在这期间，木偶表演艺人的脸上始终十分冷峻，毫无表情。看上去，观众的喜怒哀乐似乎与他毫无关系。《金瓶梅》这部小说的作者，一定就是个与中国木偶表演艺人具有同样深刻幽默感的艺术家。

那么，《金瓶梅》的作者到底是谁呢？自古以来，民间通常认为是明代的诗人王世贞。这是民间的说法，未必可信。也许因为这是一部宏伟巨著，不是普通人能够写得出来的，所以才把它说成是王世贞的著作的吧。我以为，采用"作者不详"这样的说法是再好不过的，因为《金瓶梅》一定与《水浒传》等小说一样，绝不会只有一个作者。就说现在最可信的版本《金瓶梅词话》与通行的皋鹤堂批评的《金瓶梅》，几乎就是两本完全不同的书。可以想见，早在各个版本的《金瓶梅》付梓前，相关的故事已经是评书艺人、三弦艺人们口头演绎的常用题材。我们从张岱的《陶庵梦忆》第四卷中可以看到，杨与民的三弦、罗三的唱曲，演绎的都是北调《金瓶梅》。所以，就像《水浒传》的作者不止一个人一样，《金瓶梅》的作者也不是一个人，稍微夸张点说是一个创作团体，肯定有许多作者参与其中。

明代的李日华、袁宏道读的是什么版本的《金瓶梅》，我们已经不必知道了。不过，像他们这样的文学家，一旦开始关注这本书，必然会就《金瓶梅》这部小说展开讨论。至少他们会觉得，一向为评书、三弦所演绎的题材，创作成小说之后，具备了更浓厚的文学色彩。《金瓶梅词话》中有万历丁巳年的序言，作者是兰陵笑笑生。除此之外，还有苏州的刻本和杭州的刻本。与词话同时出现的，还有康熙乙亥年皋鹤堂版本。此外还有几种不同的版本传世。如果说，《金瓶梅》确实有过口头演绎的经历，那么，以兰陵笑笑生为代表的各种版本的作者们，各自都曾经编集乃至笔录过这本书，自然都可以自称《金瓶梅》的作者了。可以认为，《金瓶梅》所具有的小说的特性，就如同木偶戏的演出；而作者们犹如木偶戏艺人般冷峻的神色，便是构成小说《金瓶梅》创作的主要背景。为此，人们有理由认为，小说《金瓶梅》是跨越了漫长岁月的集体创作的作品。

乾隆时期的鸿篇巨制《红楼梦》，与《金瓶梅》所描写的是两个完全不同世界的东西。小说《红楼梦》的故事取材于绚烂奢华的贵族生活圈，反映的并不完全是市井生活；与之相反，《金瓶梅》的主角勉强算是中产阶级。但如果仔细探究的话，《红楼梦》中发生的各种事件，人物所呈现的各种性格特征，其实是与《金瓶梅》有着很深的渊源的。在《红楼梦》中,《金瓶梅》的投影随处可见。对这些影响进行追踪探究，自然也是一件很有意思的事情。我想，这件事情等到有机会的时候再来考虑吧。

# 且说中国鬼怪文学

在欧美，大多是在冬天的夜里，人们围着火炉讲鬼怪故事。在日本则恰恰相反，人们把妖怪故事作为夏夜乘凉时的话题。而在中国，则没有什么季节的规定，人们随时随地都可以谈论鬼怪。也就是说，鬼怪在一年当中任何时候都可能出现。不过，确也如此，鬼怪故事层出不穷，一年到头可谓是源远流长。

然而，我以为，日本的妖怪故事与中国的鬼怪故事，实际上是有着很大差别的。日本的妖怪之说，中心大多是幽灵以及怨灵作祟，或者就是一些稀奇古怪的故事，所以妖怪故事一般都是围绕这个线索展开的。毋庸置疑，中国的鬼怪故事也有很多是以幽灵为中心的，但它的意趣却与日本大相径庭。日本的幽灵故事是在中世纪以后流行起来的，以至于我们现在只要一提起"幽灵"，脑子里立刻浮现出来的就是那个时代的幽灵故事、妖怪故事。这种现象一直延续到近代，大致影响到江户时代后期吧。随着浮世绘[1]与小说读物人情本[2]的盛行，幽灵故事也有了很大的发展。不知是受到什么影响，幽灵故事开始变得催人落泪，有了前世因缘的意味。总之，都是一些能够勾起读者怨恨的话题。所以，就连小夜中山的"夜泣石"[3]这样一个普通的民间传说，也要加入催人泪下的元素，编造成一个幽灵故事。在古代日本，比起"幽灵"来，人们更加重视的应该还是"生灵"——在这个世界上，再也没有比生灵更可怕、更能作祟的东西了。直到中世纪以后，生灵才让位给了幽灵。或许是受到"诸行无常"、"生者必灭"观念的影响，或许是王朝时代的必然趋势，近代以来"幽灵"的地位发生了这些变化。我以为，这与江户时代文学与戏剧的发展也是密不可分的。

再说中国的鬼怪故事。近代以来，中国的鬼怪传说并没有像前面所说的日本幽灵故事那样发生什么大的变化。就幽灵故事而言，从数量上来讲也不比日本的多。当然，幽灵故事也是鬼怪故事的一种，但绝不要以为那就是鬼怪故事的核心。就这一点来看，难道不

---

1　浮世绘：指日本的风俗画、版画。日本江户时代（1603—1867年）兴起的一种独特的民族艺术，是典型的花街柳巷艺术。

2　人情本：日本江户地区以平民色情为题材的小说故事，流行于江户时期后期的文政年间至明治初年，以女性读者居多，主要作者是为永春水。

3　"夜泣石"：位于日本静冈县挂川市佐夜鹿的小夜中山山岭上的一块石头。相传，古时候有个孕妇去久延寺祈求生产平安，在经过中山山岭时被山贼杀害，婴儿却自己从母亲腹部的伤口中爬了出来。母亲为了救孩子，把魂魄附在石头上哭泣。后来，这个孩子被寺院的和尚所救，长大后为母报仇。

是与日本有着很大的差别吗？在日本，较之那些狐狸、河童[1]等民间传说的怪异故事，幽灵故事应该是占据主要地位的；而在中国，说到鬼怪故事，无非就是狸、狐、马、蛇之类的，当然还有幽灵，它们地位都是一样的，并不存在以什么为主的问题。这就形成了中国鬼怪故事的种种特点。

假如你要问我中国鬼怪故事的最大特点是什么，我会毫不犹豫地告诉你，那就是完全不同于日本幽灵故事赚取人们的眼泪，在中国鬼怪故事中，狐也好，蛇也好，幽灵也好，与煽情催泪没有关系。就这一点而言，像这样明朗的鬼怪故事是很难见到的。对于中华民族的坚韧性，我们只要通过鬼怪故事就能有比较深入的了解。

此外，中国的鬼怪故事也不像日本的鬼怪故事那样，令人听了毛骨悚然。听我这么一说，可能会有人露出扫兴的神情，问：这么说是不是鬼怪故事没意思啊？这里需要稍微容我思考一下，我怎么才能对你说清楚，中国的鬼怪故事既不像日本的幽灵故事那样令人毛骨悚然，又足够有意思能引起您的兴趣呢？

我们近代以来鬼怪故事的发展，由于受到日本风土人情与自然气候的影响，大都是以恐怖为基调的。所以，对于那些恐怖之外的鬼怪故事，自然从心理上就会产生排斥。如果我们能够摒弃这样的偏见，能够容纳恐怖之外的其他鬼怪故事的话，精神会变得更自

---

1　河童：也称水虎，是中国民间传说中的鬼怪。最早起源自中国黄河流域的上游。据本草纲目记载，水虎是居住在湖北省的河流中的妖怪，外表看起来类似三四岁的儿童，身体却覆盖着连弓箭也无法射穿的坚硬鳞片，通常都是全身潜入水中，只露出很像虎爪的膝盖在水面上。

由，心理会更健康。

幽灵也未必都是幽怨的，可我们日本的幽灵却像是商量好了似的，一直都是以幽怨的神色出现的。

中国的幽灵，狐也罢、狸也好，一般都是变化成美女，突然出现在毫不相干的男人面前，与之开始一场惊天动地的爱恋。让我们以知名度很高的《剪灯新话》[1]中的《牡丹灯记》为例，来品味中国幽灵故事的精彩吧。男子与女子第一次见面时，女子已经是幽灵了。男子在与美娘丽卿这个幽灵恩爱的过程中一命呜呼。于是，他们双双都成了幽灵，双宿双栖。因遭乡邻告发而获罪，被打入地狱。这就是《牡丹灯记》的主要故事情节。

《牡丹灯记》的故事传到日本后，哪能让它维持原样呢？人们从日本文化的角度出发，对它施加了各种各样的改造。要是分析对这个故事加工的具体细节，则彻底暴露了中国的幽灵故事与日本的幽灵故事之间的差别。这也是一件很有意思的事情。

在日本作家三游亭圆朝所作《牡丹灯笼》[2]这个故事中，阿露与新三郎的初次相会，是从向岛避雨的时候开始的。这时的阿露虽说是在养病，但还不是幽灵，两人是人间男女之间的恋爱。后来，她与新三郎之间断绝了信息，阿露死了。等到新三郎在谷中三崎街的寓所里再见到阿露，她已经是一个地地道道的幽灵了。从此，就开始了一个人与幽灵恋爱的故事。这个题材经过作家的改编处理，与

---

1 《剪灯新话》：明代瞿佑撰写的文言短篇小说，中国十大禁书之一。
2 《牡丹灯笼》：日本作家三游亭圆朝于1861—1864年所创作的幽灵故事的代表作。

中国作品的意趣就完全不同了。

这是我个人的看法。在江户时代之前，有些评论家认为泉镜花[1]的作品形式陈旧，将其列为倾向小说或观念小说。可是，我的看法恰恰相反。我认为，镜花的文学作品可以被称为难得一见的中国风格的文学。鸥外、露伴等人虽然在中国文学方面也有很深的造诣，但要是与镜花相比的话，可谓天壤之别——就作品的意境而言，远远不如镜花那样具有中国味道。或者说，镜花的文学作品在许多方面具备了中国小说的趣味性。看一看镜花的藏书目录，只有如《水浒传》《画本西游记》等少量中国小说，而且我觉得他好像就连这几本书也没有完全读过似的。尽管如此，镜花小说的那种情节流畅、色彩夺目、底蕴丰厚，都不是江户以前那种淡然的文风所能够比拟的，完全就是中国小说应有的意蕴。要是从藏书目录来看的话，镜花好像更喜欢精读江户时代的小说读本。根据我的观察，那些融入江户时代小说读本中的中国文学的要素，可能才是更能拨动镜花心弦的吧。可以这样认为，镜花是一位通过江户时代的小说读本来吸取中国小说精华的日本读者。

其中能够得到验证的，就是镜花所创作的幽灵故事。至少，镜花的作品并不完全是幽怨的幽灵故事。他笔下的幽灵大多一点儿也不恐怖。不仅不恐怖，甚至香艳可爱，深受读者欢迎。从这个意义上讲，镜花的幽灵更像中国的幽灵。也就是说，镜花的幽灵较之于

---

1　泉镜花：原名镜太郎，日本小说家。1895 年发表的《夜间巡警》、《外科室》被视为"观念小说"的代表作。

鹤屋南北[1]、三游亭圆朝的幽灵来，是完全不同的健康有趣的幽灵。她们能够健康地哭、健康地笑、健康地说，并且能够充满热情地拥抱自己的恋人的幽灵。她们是身穿漂亮衣服的长着脚的幽灵，而绝不是那种手臂畸形地垂在胸前、裙裾凌乱、神态暧昧的幽灵。所以，要是论日本文学作品中还原度最好的中国幽灵，那就要数镜花笔下的幽灵了。

说到有关狐的故事，我首先想到的是日本的"葛叶别子"[2]。作为故事，它似乎还没有能够从民间传说中脱胎出来。它说的是异类之间的爱情话题，质朴的原始基因深深地沉淀在故事当中。如果这是中国的狐狸故事的话，就会忽然别开生面——狐狸也会像幽灵那样，很健康地与人类生活在一起。而"葛叶别子"的故事，既没有民间传说的那份质朴，也不是原始的异类之间的爱情故事，展现在读者面前的完全是一个虚拟的世界。在《聊斋志异》中写了大量狐狸的故事，要是读一读的话，就能够很容易地理解这一点。不过，那不是狐狸，全都是人，仅仅是将人这个单词换成了狐狸而已。读《聊斋志异》，我们一点也感觉不到是狐狸的存在，就如同发生在真实的人身上一样。

古代在济南有一个大富豪，却是个吝啬鬼。他平时简衣素食，

---

1 鹤屋南北：1755—1829 年，日本德川时代晚期的歌舞伎脚本作家，以写神怪剧而驰名，所刻画人物奇形怪状、阴森可怖。代表作有《小染和久松的风流佳话》、《东海道四古怪谈》等。
2 "葛叶别子"：在日本"葛叶别子"的原版故事里，母亲葛叶的真身是一只狐狸，年幼的晴明看到了母亲的真面目被吓哭，而葛叶主动选择了离开。

爱钱如命。这位爷因为没有子女，最终下定了纳妾的决心。"我需要的是一匹不怎么吃草的马"——这是这位爷纳妾的最主要的条件。

有个男子从陕西领来个漂亮的姑娘，对富翁说：这个姑娘不需要花钱，只要管她穿衣、吃饭就行了。那位姑娘年方十八岁，脸蛋儿美得就像刚刚开放的牵牛花，水灵灵的。富翁看在眼里，喜在心上，马上就纳她为妾。可他却还是一如既往地吝啬。

然而，这位姑娘是个口齿十分伶俐之人，本领绝不在富翁之下，常常把富翁骂得落花流水。富翁与小妾每天都要争执得面红耳赤。这个吝啬鬼每个月都要打开一次存银子的铁皮柜，盘查银子的数量。每逢此时，他都会把家里的佣人赶出室外，紧闭窗户，只留小妾在身边一起盘点。

有一天，他照例与小妾一起打开了铁皮柜，可里面空空如也，什么也没有。小妾看着惊慌失措、直眨眼睛的吝啬鬼，只是抿嘴笑了笑。暴怒的吝啬鬼掏出刀子，逼着小妾坦白事情的真相。

小妾并不惊慌，还是像平常那样微微地笑着。吝啬鬼呵斥道：

"快说，你这厮到底是怎么回事！"

小妾问道：

"你真的以为我是人？"

"什么，你是幽灵？"

"我不是姑娘，是狐狸。"

吝啬鬼听完这话，立刻气得昏死了过去。

这个女狐戏弄了吝啬鬼，把他好不容易积攒的银子运到不知哪里去了。吝啬鬼痛不欲生，每日哭泣不止，最后竟哭死了。不久，那座大宅子就空无一人了。又过了几十年，那座院子就变成了一片废墟。

这是乾隆年间《夜谭随录》[1]中记载的一个故事。这么简单的故事梗概可能还难以说清楚事情的原委，但这个女狐化身的美娘每天都在收拾吝啬鬼，最终让他倒了大霉。读者在读了这个故事之后，对于她是不是狐狸大概并不在意，更感兴趣的可能是，一个柔弱的美人是怎样地把吝啬鬼整治得死去活来的。读完故事，知道了她是个狐狸，也不会有什么恶心的感觉。

自汉魏以来，中国就有许多记录怪异故事的书籍。那些故事就如同字面的意思一样，是"怪异"，而不是"恐怖"。以上的故事告诉我们，故事的怪异程度，要用故事的价值来衡量。《山海经》是一部奇想天外的书籍，一直被人们称为怪书。干宝的《搜神记》[2]也是一部怪书。但这些都不是恐怖的书。

明代刊印的《京本通俗小说》[3]，是一本汇集了12世纪南宋都城临安民间艺人口头传承的故事的书籍。其中的《志诚张主管》、《西山一窟鬼》、《拗相公》等故事，要是让日本人改写成小说的话，十有八九又会变成恐怖的主题了。尤其是情节曲折的《志诚张主管》一篇，可能会被改写得更加阴森可怖。但是，从原文来看，虽然根本就与恐怖二字不沾边，可怪异故事的效果也是十足的。可见，怪异

---

1 《夜谭随录》：清代和邦额所作，大部分作品写的是鬼狐怪异、人妖艳遇的故事。
2 《搜神记》：记录古代民间传说中神奇怪异故事的小说集，东晋史学家干宝所作。
3 《京本通俗小说》：现存较早的话本小说集，缪荃孙刊印于1915年。传为宋元旧人所作。

故事与恐怖故事，实际上是没有任何必然联系的。

　　明清之际，出现了许多怪异小说，尤以乾隆年间的《聊斋志异》，以及前面提到过的《夜谭随录》《子不语》[1]、《阅微草堂笔记》[2]等为代表。更有意思的是，这些全部都是文言小说。就连素以严谨著称的纪晓岚，也写了《阅微草堂笔记》这样的怪异著作，并且流行甚广。这值得我们深思。在那个盛行实证主义哲学[3]的时代，那些追求盛名的文学家们撰写了这么多的狐狸故事、幽灵故事，我想，一定有着深刻的原因。但历来的中国文学史都没有对这些原因进行过深入的探究，我若想涉及这个问题，难免会有贪心不足之嫌吧。

---

1　《子不语》：清朝中叶文学家袁枚撰写的一部笔记小品，共二十四卷，多记述奇闻异事、奇人鬼怪，全篇行文流畅。

2　《阅微草堂笔记》：清代著名学者纪昀所作的笔记小说集，主要记述狐鬼神怪故事，意在劝善惩恶。

3　实证主义哲学：强调感觉经验、排斥形而上学传统的西方哲学派别，产生于19世纪三四十年代的法国和英国，创始人为孔德，主要代表有英国的J.S.密尔和H.斯宾塞。

# 李贺杂考

李贺的诗情是常常与"死"字联系在一起的，或许是由于他的叙情总是与"死的预感"分不开。他被世人称为"鬼才"。他诗作语言的奇峭，亦得到世人广泛的赞颂，被称为语言"魔术师"。他的思想非凡至极，他的文体华美至极。所以，他自身内在的那种"死的预感"就容易被人们忽视。在他那华丽的文体之下，内心充满激情的描写，恰是中国唐代的《毛皮》。我们仿佛看到：西陵的凄风苦雨中，苏小小泪湿的双眼（据《苏小小歌》），踉踉跄跄消失在阴冷秋雨中的年轻姑娘的魂灵（据《秋来》），聚集在墓地周围的萤火虫飞动的光影（据《感讽五首》之三）。可见，他的上述诗作，所流露的都是凄冷诡异的情绪。令人不能忘怀的是，在他诗情的深处凝集着作者对死的热望。

"死"是相对于"生"而言的。他对于"生"是怀着一种什么样的态度呢？不用说，我们都知道，他是一个失意的青年。

我当二十不得意，
一心愁谢如枯兰。

——《开愁歌》


长安有男儿，
二十心已朽。

——《赠陈商》


客枕幽单看春老。
归来骨薄面无膏，
疫气冲头鬓茎少。

——《仁和里杂叙皇甫湜》

　　上述诗句表达的是他的失意心情，读来令人感到心酸。

　　他的父亲名字叫晋肃。他在准备考进士的时候，由于"晋"、"进"同音，为避父亲的忌讳，他失去了进士考试的机会。这件事对于生命特别短暂的李贺来说，一定是最大的不幸。有关这件事情的来龙去脉，推荐人韩愈在他的《讳辨》一文中有详细的记叙："贺举进士有名，与贺争名者毁之，曰贺父名晋肃，贺不举进士为是，劝之举者为非。听者不察也，和而唱之，同然一辞。"在上面的诗中，他屡屡提起自己二十岁时的不幸，指的应该就是这件事。这件事给予年轻的他以巨大冲击，同样也给他之后仅有的六七年生命创作的诗带来了难以估量的影响。他能够得到韩愈的推荐，去博取进士的功名，这对于当时的读书人来说是一件多么值得庆幸的事情。他在心底也一定热切期待着博取官位后的生活。我们知道他并不轻视官职，这从他后来担任太常寺奉礼郎的经历就能看出来。

韩愈在《讳辨》一文中写道：在李贺的评价上发生分歧，有人诽谤他。生来性情桀骜不驯的李贺，缺乏妥协，发生这样的事情原本也是很自然的。我以为，当时的李贺是个失意的青年，那些人对他持有非议，并不是件难以理解的事情。

李贺作为一个有官职的人，自然会有许多社交上的应酬。同时，他作为一个诗人，也肯定有着许多社交活动。中国的诗人们坚信，只有进入官场这个圈子，自己的文学活动才是完整的，世人可以了解他们的心路历程，这亦是诗人们的一种理想境界。但是，李贺对此却是坚决拒绝的。可以这样说，他在人生的第一个台阶上就遭受到了彻底的惨败。毫无疑问，他对于人生的肯定，在这里发生了根本性的改变，或者说，他本能地预感到了自己命运的悲剧。但那时也许只是单纯神经质的一种敏感。后来，他发展到坚决拒绝完成人生的道路，那种心灰意懒的状态也就距离死亡不远了，这与之前的那种"失意"相比发生了根本性的变化。

> 野色浩无主，秋明空旷间。
>
> 坐来壮胆破，断目不能看。

——《送韦仁实兄弟入关》

要想考察李贺作品的写作年代是一件很困难的事情。但这样的送别之作，可以认为是他失意之后的作品吧。站在广阔无垠的原野上，头顶是广阔明艳的秋天的天空……我想，这些都应该是当时的实际景况。与此同时，他又越过实际的风景，并将这些风光抽象化，存入自己的心底。要是换个说法，他当时的心里就是一块辽阔的原野，就是一片纯净的秋空，他在心里将这些风光升华成"空寂"。我们不得不承认，在这个"空寂"的背后，体现李贺诗作精神的，便是那"死的预感"。写到这里，不由得令我想起了法国著名诗人斯特芳·马拉美[1]的那句名言：诗的享受是一步步猜测。对于事物"直呼其名"，则失去了诗的四分之三的享受。"暗示"事物，这才是梦想。李贺的诗之所以不好懂，其中一个重要的原因就是，除了想象奇诡、辞采瑰丽外，一味追求奇峭幻想而往往流于晦涩险怪，缺少完整的形象和连贯的情思脉络，令人难于索解。

关于李贺的外貌，他在自己的作品中有过描述。说自己年纪轻轻就已经白了头，说自己胡须眉毛很浓。若是将他的英年早逝与他的相貌对照起来看的话，我们猜想他得的可能是肾脏病。可以认为，这种不幸的体质，对于成就诗人李贺具有特殊重要的意义，也是我们了解他作品的一个关键所在。我觉得，以失意出场的李贺，正是由于他体弱多病而焕发出异样的光辉。他的这种光辉犹如萤火虫的光亮般惨淡，犹如青苔花般微弱。

失意之后，李贺曾一度离开长安，回到了洛阳西南方向的家乡昌谷。他的诗作《南园十三首》和《昌谷诗》，传递的就是这个期间的信息。午间田野阳光绚烂，大地就像一个巨大的花园色彩斑斓。然而，李贺的灵魂却是那样的孤独而无助。例如，他在《南园十三首·其四》中这样慨叹道："白日长饥小甲蔬。"他的饥饿固然与他因贫困吃不上肉有关，可我们要是仅仅从这一点上去理解也是不够准

---

1　斯特芳·马拉美：法国象征主义诗人和散文家，作品《牧神的午后》在法国诗坛引起轰动。

确的。他是想通过对肉体饥饿的描写，来诉说自己灵魂的孤独。由此，我们也不要忘记，他的这种感受是与即将到来的死亡的"空寂"有着密切联系的。

李贺的作品在很大程度上源自他的幻想。即使是在临终之际，他还感觉身边有个穿着红衣服的人。关于这一点，李商隐在其所作《李贺小传》中说得很清楚：

> 长吉将死时，忽昼见一绯衣人，驾赤虬，持一板，书若太古篆或霹雳石文者，云当召长吉。长吉了不能读，欻下榻叩头，言："阿弥老且病，贺不愿去。"绯衣人笑曰："帝成白玉楼，立召君为记。天上差乐，不苦也。"长吉独泣，边人尽见之。少之，长吉气绝。

这也可以说是李贺全部生涯的写照吧。在李贺的诗作中，例如《苏小小歌》、《神弦曲》、《神弦》、《神弦别曲》、《贵公子夜阑曲》、《贝宫夫人》、《梦天》等篇，其题材与构思都源自幻想，对于这一点任何人都不会有异议的。只要读一读，马上就能明白他的创作意图。当然，他的作品当中也有一些无论是从题材还是构思上看，都不属于幻想的作品。例如《河南府试十二月乐辞并闰月》、《感讽五首》等作品。可是，要是仔细地审视他的这些作品，会感觉到他与其他诗人的诗作最大的不同——他的作品之中摇曳着令人难以理解的微弱的光焰。并且，如果我们反复吟诵的话，就会发现他的诗作在构思上，依然能够隐约觉察到深藏其中的美艳的幻想成分。

解读李贺的诗作一个很重要的方法，就是领会他字里行间所藏匿的深层含意。即便是在极其简短的叙景诗中，他也没有忘记使用这种技巧。

> 渠水红繁拥御墙，风娇小叶学娥妆。
>
> 垂帘几度青春老，堪锁千年白日长。
>
> ——《三月过行宫》

　　用隐语表现，较之于直喻，更多的是发自无意识的深层心理。这或与人的体质有关，随着他身体的愈见衰弱，他诗作遣词造句的奇峭亦愈是讲究，这便是造成他的诗作难以理解的主要原因。

　　隐喻的表现方法，重要的是要把握好词语与自己想表达的观念之间的联系，同时，还得极其自然地把握词语与自己想表达的观念之间的协调关系。这些看起来是相互矛盾的表现手法，却可以在诗人的心底得到统一与平衡。我们要是能够从李贺生来多病的角度，从他具有强烈的幻想倾向的角度，从他年轻的时候梦想就被别人破坏了的角度，以及综合了上述因素而形成的他性格的角度来考虑的话，就能略微懂得如何去分析他的诗作。要是再进一步的话，我们还可以了解到，他的诗作之所以难解，主要在于他使用了很多隐喻，而这又正是他诗作的秘密之所在。换句话说就是，唯有"难解"，才是李贺诗作最美妙的地方。据《剧谈录》[1]记载，当时元稹考了明经科，中了举人，就去拜见李贺。李贺看了名片，道：你个中明经科的还有脸来见我李贺？稹羞愧地捂脸退下。人们总觉得这件事情真假难辨。现在想来，李贺的诗作，从本质上讲，是难以见容

---

1 《剧谈录》：唐代传奇小说集，康骈撰，成书于昭宗乾宁二年（895 年）。

于"元白体"[1]那种平庸的作品的。所以，李贺对元稹的这种态度大概不完全是空穴来风。因此，我以为，《剧谈录》所叙，也并非完全没有道理。

从文体上看，李贺的诗作是唯美华丽的，但他诗作的内在本质却是悲伤的，是与"死亡"紧密相连的。对于这个问题，必须向读者交代清楚。

李贺的生存方式，概括起来讲，可以称为"瞬时剧烈燃烧式"。他把人类一生的光阴集中在一个瞬间剧烈地燃烧殆尽，从而体验到"生"的真实滋味。从近代的文学史看，他与英国的著名作家沃尔特·佩特[2]的理念非常相近。在他们的身上，对于悲痛和死亡的见解是那么深刻而强烈。

李贺的家境十分贫困，他在昌谷老家的生活也不宽裕，可他却自称"唐诸王孙李长吉"（《金铜仙人辞汉歌序》），把自己的家谱与王室扯上关系，且引以为荣。我们在读他的诗作的时候，必须将他这种孤傲的贵族主义的心态考虑在内。他那与死亡的预感紧密相连、唯美华丽的构思，还有令人费解的隐喻的表现手法……如果把这一系列的现象联系在一起考虑的话，不难发现，孤傲的贵族思想才是他最真实的本质所在。

李贺还常常徘徊在神话的世界里。这种现象作为中国诗人的一

---

1 "元白体"：诗体的一种。唐代元稹、白居易二人作诗，旨在平易，被称为"元白体"。

2 沃尔特·佩特：1839—1894 年，英国著名文艺批评家、作家。他是 19 世纪末提倡"为艺术而艺术"的英国唯美主义运动的理论家和代表人物，文风精练、准确且华丽。

种常态，源自古典主义的一种习性，原是无可厚非的。可是，李贺之彷徨于神话世界，大量使用与神话有关的词语，以及他对于古代神话的极端迷恋，完全是发自他的内心世界，这就不能不引起我们高度的关注了。

例如：

> 古祠近月蟾桂寒，
> 椒花坠红湿云间。

——《巫山高》

> 羲和骋六辔，
> 昼夕不曾闲。

——《相劝酒》

> 忽忆周天子，
> 驱车上玉山。

——《马诗其三》

> 剑匣破，
> 舞蛟龙。
> 蚩尤死，
> 鼓逢逢。

——《上之回》

如果我们只是看以上几句诗，就会觉得他的作品与其他诗人的并无什么区别，也就不会再作深究了。可当我们联系他所有的诗作，再来读这些诗句，就会真切地感受到，那些镶嵌其间的源自古典主义的词语，是怎样地将李贺推向了神话世界的顶端。耸立在山巅上的寺庙，尖尖的屋顶刺入寒气袭人的夜空。皎洁的月亮之上，笨拙的蟾蜍正在缓缓爬行。月宫里的那棵桂花树，正将醉人的花香洒向人间……举首仰望，太阳神驾着他那金黄色的马车，在六匹骏马的驱驰下，正向我们飞奔而来。

我们伴随着周穆王征战无边的马车，越过昆仑山顶，置身于远方的荒野之上。颛顼帝的秘剑为防万一，自己跳出剑匣，在空中变成了一条蛟龙。蚩尤与黄帝在涿鹿的原野上大战，战死之时，鼓声惊天动地地震响起来……这一切场景就如同真实发生的一样，浮现在我们的眼前。他在神秘的世界里徘徊，他沉溺在古代神话中，突然又苏醒过来，获得了重生，产生了飞跃，超越晴朗的天空而去。所以，我们深感，在读李贺诗作的时候，必须对其精神进行分析，原因正在此。

李贺的诗作共有233首，其中与酒有关的，或者说包含了"酒"这个词的诗有48首。奇怪的是，他的"酒"一般都是"苦酒"。当然，也并不是说他就完全没有"人间酒暖春茫茫"那样的"酒"。他通过酒所感悟到的真情实感，在诗句中有过表述，如"日暮聊饮酒"（《赠陈商》），"旅酒侵愁肺，离歌绕懦弦"（《潞州张大宅病酒，遇江使，寄上十四兄》）。可见，他的酒是暗淡的，是苦涩的。并且，从他的酒之暗淡、之苦涩，以及在灵魂深处的痛苦来看，在他的那些华丽文体的背后，我们能够真切地感受到他悲剧式的封闭精神的构造。

他写《马诗》，写《勉爱行二首送小季之庐山》，他还是一位格外喜爱马的诗人。他写下"蜡光高悬照纱空，花房夜捣红守宫"（据《宫娃歌》）这样的诗句，还是一位怀着奥伯利·比亚兹莱[1]般诗情画意的诗人。在李贺这个"万花筒"的深处所映出的幻觉之花，使我们感受到了他那过于凄艳的色彩。

---

1　奥伯利·比亚兹莱：19世纪末伟大的英国插画艺术家。

# 佐藤春夫译作：《车尘集》序言

　　零散的东西容易丢失。可具有真实、敏锐灵魂的人们，就乐于体会这些容易丢失的零散的东西所带来的美的享受。彩虹惊现于碧蓝的苍穹之上，虽然瞬间即逝，但那种壮美无比的景象，怎能不打动人们的心灵？野草的穗子临风低吟，有时却也像悲笳[1]那般呜咽，怎能不勾起人们无尽的乡愁？

　　与《万叶集》的古雅相比，中国诗文的新意，恰如撒入诗中的香料，令人回味无穷，总散发着迷人的魅力。而且，我们曾经反复诵读过的魏汉时期班固、曹植的诗赋，还有唐代李杜元白的诗篇，都是千古绝唱。气势恢宏的中国文学的大厦，堪称鬼斧神工之作，雕梁画栋，美轮美奂，飞檐峭壁。若是打开那些楼阁的门锁，或者你会于恍然之间被壁上的彩绘惊诧得目瞪口呆，或者你会于回廊之

---

1　悲笳：悲凉的笳声。笳，古代军中号角，其声悲壮。

中被幽深的阶梯送上七星高台……这时，你便有了一种腾云驾雾、胸臆畅达的美妙感觉。她的雄丽华美与灏气朗然，使你有一种置身人间天堂的感觉。

但是，如果你离开这亭台楼阁，来到寥无人迹的静谧水边，看一眼凭栏眺望的佳人那随风轻摇的浅色衣衫，听一听暮色之中落英缤纷的小径旁白鹦鹉唤茶的低吟，你又怎么能忍心离开这简朴的小院？伫立良久，你已是流连忘返。

您若是想在中国文学当中寻找这样清新的馆宅，那么，请随我来。且请先看散文，那些自古以来繁若星辰的随笔文章，尤其是那些有关香艳、美食、文房一类的小品文，是多么的引人入胜。再看诗词，那些如同纤纤花草般清新的巾帼之作，亦可令您心潮起伏。

很久没有谈论随笔文章的机会了。让我们来看看女流作家们的藻思[1]，又是怎样地摇曳着清韵绝响。

不用说，《彤管遗编》[2]之类的书籍，尽管十分幽艳，令人爱不释卷，但也登不了文学史大雅之堂。当然，古代如李夫人[3]、王昭君，以及之后的桃叶[4]、绿珠[5]，由于她们奇特的人生经历，我们在文学史上

---

1　藻思：指做文章的才思。晋陆机《文赋》曰：或藻思绮合，清丽千眠。

2　《彤管遗编》：即《姑苏新刻彤管遗编》，明代郦琥作。

3　李夫人：汉武帝刘彻的宠妃，中国历史上第一位追封的汉武帝皇后。中山（今河北定州）人，西汉著名音乐家李延年、贰师将军李广利之妹。

4　桃叶：晋代王献之爱妾。现在南京遗存《桃叶歌》、桃叶渡等。

5　绿珠：西晋石崇的宠妾，中国古代著名美女之一。

能散见她们的一些作品。那是因为她们多舛的命运，引起了后来人们的兴趣。如果不是她们那些具有戏剧效果的身世，仅凭作品的话，文学史或许早就将这些女流诗人遗忘殆尽了。无论她们是小家碧玉的女儿，还是高楼浪子的女人，几度柳荫，几度行云，几度风声，早已将她们渴慕的情思，付诸一江春水。即便是怎样的冷艳美人，又怎能经得住风吹雨打？

《车尘集》收入了自六朝至明清的女流诗人们数十篇作品，却并不是庭院当中第一枝报春的花朵，倒像是零落在树影烛光下的迷离落英。这个集子所罗列的三十余名女性作者中，有的是以出生地而闻名的，如青溪小姑、夷陵女子，有的是以年少而知名的，如七岁女子（《全唐诗话》中说是九岁），她们都是些连姓名都佚失了的歌妓。

同时收录的，也有如鱼玄机、薛涛那样在诗话小说中常见的，如杜秋娘那样被杜牧的笔墨关注的，如刘采春那样被元稹写进《赠采春诗》中的女性。不过，她们也都是些里巷的妓女，偶然得到机会与社会上的名流雅士交往，便在他们的笔端留下了芳名。像郑允端、黄氏女，由于她们与当时的文学家、诗人们交流甚多，故而就留下了比鱼玄机、杜秋娘更多的话题。郑允端是吴门施伯仁的妻子。因为丈夫的性格孤僻，她的生活很孤寂，就只能在诗词的世界里寻求安慰。诵读收入《车尘集》的她的诗作，我们能够读到她倚着河畔的栏杆倾听渔人叫卖的静谧诗心，能够触到她不幸的婚姻生活，和烙印在她心灵上的种种烦恼。而黄氏女的殉情，则是源自潘用中公子春时的相遇。那天，在春游的路上，潘公子在第五乘轿子里窥见了邻家女孩黄氏女，自此，他们之间产生了热烈的恋情。于是，比邻而居的十六岁的少年与少女，通过帕子包裹的核桃，倾诉彼此的恋情——这些都是中国戏剧中才有的经典情节。我们对他们的故事充满好奇，可不巧的是，在黄氏女的朋友当中，既没有温庭筠，也没有杜牧这样的名士，所以，我们也就无从知晓更多的细节了。

她们的诗作并不入流，自然在中国文学史上也就不会有什么特别的记载。不过这也没关系，这些闺阁诗人所吟咏的诗章，与她们的风流韵事一起，依然令我们难以忘怀。尤其是在品读她们那些趣事，探寻她们如同零散珠玉一样的诗文章句的时候，自有一番别样的滋味在心头。所以，我们对《车尘集》中那些女流诗人们，怀有一种难以尽诉的怀想。例如，秦淮南院的妓女赵今燕，家住在琵琶巷。虽然顶着"十二钗"的艳名，却总是闭门谢客，不愿与人交游，偶尔作些应时的诗句自乐。那些冶游的少年郎们就给她起了个"闭门赵"的绰号。（据朱彝尊《静志居诗话》）再如建昌妓女景翩翩，不幸为人诱骗，遗下《散花吟》一首，自缢身亡，长眠于濉溪河畔。

再如秦淮八艳之一的马月娇，字守真，号湘兰，因与王稺登[1]相好，我们知道的逸闻趣事也就比较多。湘兰善画，尤善画兰。据说，湘兰困厄之时，曾得到王伯谷的帮助，因而二人交情日深。在王稺登七十大寿时，马氏集资买船载歌妓数十人，前往苏州置酒祝寿，"宴饮累月，歌舞达旦"，归后一病不起，最后强撑沐以礼佛端坐而逝。王伯谷写给湘兰的挽歌云："歌舞当年第一流，姓名赢得满青楼。多情未了身先死，化作芙蓉也并头。"湘兰门下有一名妓女，名

---

1 王稺登：1535—1612 年，字伯谷，号松坛道士，苏州长洲（今江苏苏州）人，明朝后期文学家、诗人、书法家。

叫巧孙，相貌奇丑，《北西厢》却是唱得无人可及。湘兰死后，众妓女一哄而散。巧孙搬到何处居住，在《野获编》中有交代……

全书所记载的都是这样一些琐碎片段。可为什么还能这么孜孜不倦地写下去呢？那是因为《车尘集》所载之事，都是文学史不屑去写的。与《北征》、《彭衙行》、《蜀道难》这些在文学史上占有一席之地的杰作相比，女流诗人们所留给我们的，大多是那些楚楚纤艳、春草般柔美的作品。但有的时候，我们百读不厌的，并不是那些森严、整肃、悲苍、豪放的大雅之音，而是那种细腻温情而又快乐愉悦的爱人的呼唤。《车尘集》中的数十篇诗作，让我们从风景各异的窗口，窥见了一个又一个曼妙的身姿，并且都是第一次介绍给日本的读者。佐藤春夫先生的译作，对于我们全面了解中国的诗情必定大有益处。可以说，佐藤春夫所译的那些亲切温暖的诗作，有些是胜于原作的。也许你并没有机会静下心来，将译作与原作一一对照，但至少通过佐藤先生的这部译作，我们会懂得怎样去欣赏中国诗文的美妙与可爱。而那些观感愚钝的注释家们，读过这些清丽的译诗，一定会对婉转的中国诗作的句法结构有新的认识吧。若是你也有心想研究中国闺阁诗人的作品，那么，可以先从总体入手，然后再分别阅读她们个人的集子。在此，我给你提供一个作品目录：

《彤管遗编》（明　郦琥）

《彤管新编》（明　张之象）

《诗女史》（明　田艺蘅）

《翠楼集》（清　刘云份）

《淑秀总集》（明　俞宪）

《古今宫闺诗》（明　周履靖）

《古今女史》（明　赵世杰）

《名媛玑囊》（明　池上客）

《胭脂玑》（明　苏毓眉）

《伊人思》（明　沈宜修）

《红蕉集》（明　邹漪）

《女中七才子兰咳二集》（明　周之标）

《名媛诗归》（明　钟惺）

《本朝名媛诗钞》（清　胡孝思）

　　斗转星移，金缕红牙[1]之声已绝，可那些已故佳丽们的清丽辞藻历久弥新，一如莺啭耳畔。当你心里惦记着池畔回廊之上的蒙蒙细雨，当你幻想着微醉秋光之中俏丽佳人的倩影，展卷阅览佐藤春夫先生的译作的时候，在你的心灵深处，一定会再次响起清曲牙板[2]的节拍声，一定会再度沉浸在南朝金粉婀娜的甜美梦乡里。我自己亦为《车尘集》能够付梓出版，而感到十分的欣喜。

---

1　金缕红牙：取自宋代卢祖皋《清平乐·柳边深院》：柳边深院。燕语明如翦。消息无凭听又懒。隔断画屏双扇。宝杯金缕红牙。醉魂几度儿家。何处一春游荡，梦中犹恨杨花。
2　牙板：用檀木制成的板子，用于唱曲时打拍子。

**图书在版编目（CIP）数据**

中国文学的魅力 /〔日〕奥野信太郎著；王新民，
姚佳秀译 . —上海：上海三联书店，2019.9
　（洋眼看中国）
　ISBN 978-7-5426-6754-0

　Ⅰ. ①中… Ⅱ. ①奥… ②王… ③姚… Ⅲ. ①中国文
学—文学研究 Ⅳ. ① I206

中国版本图书馆 CIP 数据核字（2019）第 164071 号

**中国文学的魅力**

| | |
|---|---|
| 著　　者 / | 〔日〕奥野信太郎 |
| 译　　者 / | 王新民　姚佳秀 |
| 责任编辑 / | 程　力 |
| 特约编辑 / | 蔡时真 |
| 装帧设计 / | Metis 灵动视线　周　丹 |
| 监　　制 / | 姚　军 |
| 出版发行 / | 上海三联书店 |

　　　　　（200030）中国上海市漕溪北路 331 号 A 座 6 楼

| | |
|---|---|
| 印　　刷 / | 三河市中晟雅豪印务有限公司 |
| 版　　次 / | 2019 年 9 月第 1 版 |
| 印　　次 / | 2019 年 9 月第 1 次印刷 |
| 开　　本 / | 640×960　1/16 |
| 字　　数 / | 110 千字 |
| 印　　张 / | 13 |

ISBN 978-7-5426-6754-0/I · 1531

定　价：42.80元